ハーレクイン文庫

秘書と結婚？

ジェシカ・スティール

愛甲　玲 訳

HARLEQUIN
BUNKO

A PROFESSIONAL MARRIAGE

by Jessica Steele

Published by Harlequin Japan, a Division of K.K. HarperCollins Japan, 2024

秘書と結婚？

◆主要登場人物

チェズニー・コスグローブ……個人秘書。
ネリッサ、ロビーナ、トニア……チェズニーの姉たち。
ルーファス・コスグローブ……チェズニーの祖父。
フィリップ・ポメロイ……チェズニーのボーイフレンド。
ジョエル・デヴェンポート……チェズニーの上司。会社取締役。
マグナス・デヴェンポート……ジョエルの父。
バーバラ・プラット……ジョエルの元個人秘書。

1

「ミスター・デヴェンポートが面接を始めます」

この三十分落ち着かない気分で待っていたチェズニーは、新たな動揺を覚えながら優雅に立ち上がった。表面はクールにバーバラ・プラットに続いて隣のオフィスに入った。どうか彼女の後任になれますように。

椅子から立ち上がりかけている背の高い、濃い金髪の男性に、バーバラ・プラットがチェズニー・コスグローヴを紹介した。

「ありがとう、バーバラ」それは楽しげで感じのいい声だったが、ドアを閉めて去る個人秘書からこちらに向けられた青いまなざしは、必要とあらば非情にもなると語っている。年齢は三十六、七だろう。「座ってください」彼は椅子を勧めてチェズニーを眺めた。百七十五センチのほっそりした長身。しみひとつないビジネススーツ。赤みを帯びた金髪に緑の瞳。姉がうらやんだ〝玉のような肌〟ジョエル・デヴェンポートが如才なくたずねた。

「迷いませんでしたか?」

広大なオフィスを抱えるイェートマン・トレーディング社は見逃しようがない。「ええ」チェズニーは穏やかにこたえた。社交辞令に割ける時間はそこまでらしく、彼は早速面接に入った。

「では、あなたのことを話してください」

「わたしの資格は――」

「上級秘書の経験三年、入力技術が優秀と前の雇い主が書いている。抜群の運営力と社交術を備えているとね。この推薦がなければ君はここにいない」

扱いにくい人だ。ほんとうにこの仕事に就きたいかしら。前もって人事部で面接を二回受けたので、職歴は残らず彼に伝わっているようだ。またケンブリッジで働こうか。でも脱出すると決心したのだ。

「年は二十五歳です」彼は何ごとも成り行きにまかせるような人ではなさそうだから、応募書類を見て年齢も知っている。そう気づいたがなんとか落ち着きを保った。「ケンブリッジで働いていました」これも知っているはずだ。落ち着くのよ。人事部の二次面接は徹底していた。ほかにつけ足すことがあるだろうか。チェズニーは緑の瞳で青い瞳を見つめ、気がくじけそうになりながら唯一できる質問をした。「何をお知りになりたいですか？」

彼は真顔で見返した。「資格は十分だ。元雇用主はほとんど絶賛している。ライオネル・ブラウニング社長は君をとても気に入っていたようだ」

「わたしもそうです」ライオネルが大好きだった。ほんの少し頼りないので仕事をずいぶんまかされていた。運よくここに採用されたら、経験が大いに役立つはずだ。

「すると退職の理由は？」

人事部にはキャリアアップのためと話した。それも事実だが、ライオネル社長の息子へクターが事業に参加して厄介な事態に陥らなかったら、社長を残して辞められたかどうかわからない。でも、まっすぐ見つめる彼に嘘《うそ》はつきたくないと感じた。「わたしは以前からもっとやりがいのある仕事をしたいと考えていました」

「でも？」

チェズニーは彼を見返した。彼はわたしにまして冷静だ。しかも頭が切れる。へまをしなかった自信はあるのに、事情があると見抜かれている。

「でも社長の息子さんが入社しなかったら、社長を残して退職はできなかったと思います」彼女は言いよどんだ。わたしが元雇用主には弱いことを、この扱いにくそうな彼に知られてしまった。悔やんでもあとの祭りだ。「息子さんのへクターの会社が倒産して、父親を手伝うことになりました」

「息子とは気が合わなかった？」

「誰だろうと合わせるのも仕事のうちです」プロ意識を疑われてチェズニーはむっとした。

「すると問題はなんです？」

この面接は完全に失敗に終わりそうだ。屈辱を感じ傷ついていたので今まで誰にも話せなかったが、打ち明けても失うものはないだろう。「何もかも」チェズニーはそっけなくこたえて座り直した。すらりとした形のよい脚を見られたのを感じながら行儀よく足首で交差させた。「家を売ることにしたのでほかのフラットを探してほしいと家主から通達があった日に、ヘクターと口論になったんです」

「君はよく職場で口論するほう？」

「社長とは一度もありませんわ」チェズニーは言い返して内心ぼやいた。ジョエル・デヴェンポートといっしょにいたら四六時中口論しそうだ。彼のために働くのは願い下げだ。

彼は平然としたものだ。「ヘクターが君を怒らせるようなことを言ったのかな？」

「それなら対処できました。我慢できなかったのは……」彼が黙って待っているのでチェズニーはしかたなく続けた。「いろいろと中傷され、わたしが彼の父親と仲がいいので腹を立てていることを知りました。その日ヘクターから……」また口ごもったが、わたしは潔白だと思うと自然に顎が上がった。「父親と関係があるだろうと非難されたとき、どちらかが辞めるしかないと悟りました。血は水よりも濃しですから、他人のわたしが辞めるしかありません」

「辞表を出したわけだ」

「先週――月末で退職しました」

「それでそうだったのかい？」

「何がでしょう？」

「彼の父親と関係があったのかい？」

よくそんな質問ができるものだ。チェズニーは驚いたが、世間向けのクールな態度を保った。「ありませんでした」この話題はもう終わりにしたい。

さすがにジョエル・デヴェンポートはそれ以上聞かなかった。うなずいたところを見ると信じてくれたのだろう。面接は別の領域に進んだ。「待遇は人事から聞いてくれたと思う。給与や年金や休暇は満足してもらえたようだ。でなければ君は応募書類を提出しなかったはずだ」

「気前のよい条件ですわ」チェズニーは穏やかに言った。それどころかすばらしい給与だ。

「すべて採用者のものになる」それは君ではないと言われているようだ。「僕の個人秘書は仕事に専念してもらう必要がある」もしかしたら望みがあるのかしら。「資格はさておき、君は美人だ」僕はなんとも思わないがと言わんばかりだ。「言い寄る男性はさぞ多いだろう」

いいえ、興味もありませんと言いかけたとき女心が頭をもたげた。言い寄る男性が引きも切らないと思わせておきたい。「仕事の妨げにはなりません」

「僕に同行してもらう必要も出てくる」職務内容の説明で、グラスゴー支社の出張に同行し滞在する場合もあると聞かされた。それはなんの問題もない。「もしそれが直前に、たとえばお気に入りの男性と観劇を楽しむ三十分前に決まったとしたら？」

「お気に入りの男性が、わたしがいなくても観劇を楽しんでくれたらと思います」すかさずこたえると、彼の唇が一瞬ぴくつくのが見えたような気がした。

「特別な男性はいない？」

「はい」そんな暇もその気もない。

「結婚の予定はないと？」返事が不十分だったらしく問いただされた。失礼な質問だ。結婚しているの、する気はあるのなどと質問された覚えはない。チェズニーはしばし彼を見つめた。端整な容貌《ようぼう》だ。発展を遂げてまだまだ発展中の多国籍企業イェートマン・トレーディング社の、すべてを備えた取締役。きっとどこかに愛らしい妻もいるのだろう。

見ていたあいだ、こちらも鋭い青い目に見られていたのに気づいた。「結婚にはなんの興味もありません」遅ればせながらそっけなくこたえた。仕事に専念してもらう必要があるという彼の言葉には根拠があるらしい。

「結婚に反対のように聞こえるが」

わたしの両親や姉たちがいい見本だ。チェズニーは自分の考えは胸にしまっておいた。

「最新の統計では、夫婦の四十パーセントが離婚するそうですわ。わたし自身は結婚よりキャリア優先です」

意外にも彼はうなずいただけだった。「住まいはまだケンブリッジ？」

「さしあたりは。ここ二、三日はロンドンにある姉の家に泊まっています」

「引っ越し準備はできているようだね。新しい住まいはもう見つかったのかい？」

「職探しが先決と思いまして」そうこたえると彼が急に立ち上がったのでチェズニーはびっくりした。

「家を探してください」彼が感じよく言った。

チェズニーは彼を見つめた。面接は終わったらしい。立ち上がったとき、彼がデスクをまわってきた。六センチあまりのヒールがあっても見上げなければならない。「と言いますと……」わが耳を信じていいのか自信がない。

右手を差し出されたので反射的に握った。しっかりと握る手が温かい。「では月曜日から来社してください」彼はそう言って初めてほほえんだ。

チェズニーはイェートマン・トレーディング社内では真顔を保っていたが、ビルを離れるや洗練されたクールな仮面を捨て、美しい顔に晴れやかな笑みを浮かべた。受かった！自分でもこんなにジョエル・デヴェンポートの個人秘書になりたいと思っていたなんて今初めて気づいた。

仕事はたいへんそうだが、それが生きがいだ。いつも忙しいのが救いだった。高校を卒業したときはどんな職に就きたいのかわからなかったが、机に向かう必要がなくなり両親と過ごす時間が増えた。諍《いさか》いばかりしている両親を見たくなくて、カレッジで夜間の、会社経営に関するさまざまな講座を受けた。

二歳ずつ違う四人姉妹の末に生まれてから大きくなるまで、家では口論が絶えなかった気がする。十二歳のとき、長姉のネリッサが最初の結婚をした。現在は二回目だが、前より幸せになったようには見えない。次に二番目の姉ロビーナが結婚した。この姉はいつも夫を置いて実家に帰り、何週間も居続ける始末だ。家から逃げ出したくて若いうちに結婚したと話していたのに。

トニアが結婚したときは三度目の正直と思ったが違った。トニアは赤ちゃんをふたり続けて産み、両親と同じ強い愛憎を夫とのあいだに育てた。

たえず姉の誰かが泣きながら実家に帰っては夫の悪口を言うので、間もなくチェズニーは結婚なんかまっぴらだと思うようになった。夜はほとんどカレッジ通いで、勉強はたいてい週末にした。それでもボーイフレンド候補はけっこういて、以前の知り合いやカレッジで出会った男性とときどきデートした。ささやかなキスも試したが、真剣な仲になりかけると壁を巡らした。

そのうちにお高くとまっているという評判をちょうだいしたが気にならなかったし、それでデートの申し込みが止まるわけでもなかった。

二年間会社で働きながら講座を修了した。さらに講座を取って勉強に励み、二年後にはもっと収入のよい職に就く準備が整った。会社を替わり秘書として歩みだし、力を発揮した。

ただし根深い家庭不和問題では力を発揮できなかった。〝神経質になりすぎよ。誰にも浮き沈みはあるわ〟と胸に言いきかせた。問題は、悲惨なわが家では憎悪に果てしがないことだった。

自立心を育《はぐく》まれたチェズニーは、家を出たいとよく考えた。部屋を借りる余裕はあった。ただ広い優雅な家を出てつつましい部屋に移ったら、母の怒りが察せられたので思いとどまった。

ある週末に姉が三人揃《そろ》って涙に暮れ、泣き叫ぶ赤ちゃんともども家にやってきた。聞いていると姉たちは夫のひどさを競っているとしか思えなかった。

同情は消え、三人の姉にうんざりして庭に出ると、父が育てているばらを調べていた。

「おまえもあの騒ぎから逃げ出してきたのかね？」

「お父さん、わたし家を出ようと思ってるの」話すつもりのなかった言葉が口をついて出た。

「おともするよ」父が混ぜっ返して反応を見ると、娘の顔に笑みはなかった。「本気なのか？」

彼女は取り消す気になれなかった。「前から考えていたのよ。小さい部屋なら借りられるから……」

「父親を安心させたいなら、環境のよい地域の小さなフラットにしてもらいたいね」

二日後、母の知るところとなった。「お父さんの話では、あなたは家に不満があるそうね」

母を愛しているが母と口論してもむなしいだけだ。チェズニーは静かに言った。「自立したいのよ」

十日後、母からいいところが見つかったと言われ、チェズニーはびっくりした。母はよく考えたあげく、厄介な事態になるより援助するほうがいいと思ったらしい。チェズニーはうれしくて、フラットの家賃が高すぎて払えないことには目をつむった。

家具は問題なかった。両親や祖父母たちからもらった家具と、模様替えを繰り返す落ち着きのない長姉のネリッサの不用品で、たちまち小さなフラットは居心地よくなった。

でも二カ月で、独立生活をするには資金不足だという現実に向かわざるをえなかった。自分で安い部屋を見つけたら、母はショックを受けるだろう。チェズニーにすれば、この平和で静かな生活をあきらめて実家に戻るほうがショックだった。

ブラウニング・エンタープライズ社が上級秘書を募集したとき、応募して採用された。収入は上がり、責任が重くなるにつれて収入にふさわしい働きをした。ただライオネル社長の息子が玉にきずだったが、会社を経営しているヘクターは、資金が必要なとき父親を訪ねてくるだけでほとんど姿を見ないですんだ。嫌われているのは気づいたが、彼が破産同然なのを知っていることしか理由は思い当たらなかった。

ひとり暮らしは楽しかったが、両親と同じ町にいるので二、三週間ごとに実家をひょっこり訪ね、そのたびに家を出てよかったと思いながら帰った。

一年後、父方の祖母が他界し、祖父は何カ月か引きこもったあとヘレフォードシャーの家を売り、彼女の両親の広い家に移ってきた。

チェズニーはこのすてきな祖父が大好きだった。諍いの絶えない父母との暮らしは、平和を愛する祖父に合わないのではと最初から心配で、実家をひょっこり訪ねる回数が増えた。

訪ねていくのを祖父が楽しみにしているのがわかった。車の運転を教えようと言われたときは家を抜け出す口実を探しているのだろうと察した。

土曜の午後はよくふたりで楽しく過ごし、チェズニーが運転免許試験に合格してからは祖父をドライブに連れていくようになった。三カ月後にはヘレフォードシャーの田園を通り、祖父が以前住んでいた村まで車を走らせた。

その六日後会社から帰ると、祖父がフラットの表に車を停《と》めて待っていた。「母みたいに料理は上手じゃないけど、いっしょに夕食を食べましょう」チェズニーは気軽に誘い、祖父の目の輝きを見て何かあるらしいと知った。

マカロニチーズとサラダを食べながら、祖父の話を聞いた。先週の土曜日に故郷の村を訪ねたとき、小さなコテージの庭に〝貸し家〟の看板があるのに気づいた。家主を知っているので不動産屋を通さず直接電話し、村のどこかが売りに出されるまで一時借りることにしたという。

なんとも言いようがなく、チェズニーは静かにたずねた。「そうしたいのね？」

「村を出るべきじゃなかったよ」祖父はあっさり言った。家具を手放さず倉庫に預けていたから、その意識はなくとも戻るつもりだったのだろう。

「お父さんとお母さんはどう思うかしら？」

久しぶりに祖父の目にいたずらっぽい光が戻った。「おまえの父さんはだいじょうぶだが、母さんは当てつけと取ったようだ」

母が〝当てつけ〟と取るとどうなるかよく知っている。しつこく話を蒸し返すだろう。

祖父は早く出ていきたいにちがいない。「いつ出ていくの？」

「明日おまえが村まで運転してくれるんじゃないかと思っていたが？」祖父がいとも得意げにたずねた。

なんという手回しのよさ！　チェズニーの顔につい笑みがこぼれた。「喜んで」帰りの列車のことを考えていると、心を読んだように祖父が言った。

「車を預かってもらえるかな。あまり必要がないし、いるとしても村にガレージ付きの家が見つかってからだ。今度のコテージにはガレージがないんでな」

それが三カ月前のことだった。チェズニーは祖父がいなくて寂しかったが、車で数回会いに行った。

六週間前ヘクターに彼の父親との関係で言いがかりをつけられたとき、もうブラウニング・エンタープライズ社には勤められないと悟った。

ライオネル社長と別れる気持ちになったとき、フラットの立ち退きを求める通知を受け取った。決意するしかない。新たな職場と生活の場が必要だ。

そんなときイエートマン・トレーディング社の個人秘書の募集広告を見た。応募して一次、二次の面接を通り、採用されますようにと祈っていた……。

姉が住むしゃれたアパートメントに車で乗りつけたときもまだ、満面の笑みは消えていなかった。新しい仕事ができた。ほかならぬミスター・ジョエル・デヴェンポートの個人秘書だ。

姉のネリッサは晴れ晴れとした妹の顔をひと目見るなり歓声をあげた。「受かったのね！」話ができるくらいに落ち着くと、あなたなら受かるとわかっていたわと姉が言った。「わたしたち三人は、家を出るには結婚しか道がなかったけど、お利口さんのあなたは別よ。あなたは家族の頭脳を受け継いだのよ」チェズニーにすればそう簡単ではなかった。懸命に働いたのだ。でも姉は無頓着《むとんちゃく》に続けた。「フラットのことだけど、昨夜《ゆうべ》スティーヴンが見込みのありそうな人に話していたわ」姉は怒ったように口をつぐんだ。「彼も使いようね」

それから何もかも稲妻のように進んだ。チェズニーはパーティ好きではないが、姉夫婦が土曜の夜に催すパーティに戻るように約束させられたあと、ケンブリッジに帰って引っ越し準備を整えた。

さすがはネリッサ、土曜のパーティは盛況だった。楽しいパーティだったが、チェズニーは仕事が気がかりだった。ジョエル・デヴェンポートの今の個人秘書の引き継ぎ期間は二週間。長いとはいえない。仕事を覚えられるだろうか。

初日の月曜、仕事を終えて姉のアパートメントに帰ったとき、めまいがして気が滅入《めい》っていた。仕事をすべて覚えるには二週間どころか二カ月でも足りない。

食べる気力もなくすぐに眠りたかったが、姉がたずねた。「第一日目のご感想は?」

「くたくたよ」チェズニーは白状した。

「そんなによかったわけね。新しいボスはどう?」

「全然会ってないわ。水曜までスコットランドに出張なの」

「そう。上着は脱がないで。スティーヴンから聞いていたフラットが空いたから見に行きましょう」

住まいは大切だ。彼女は熱意をかき立て、姉の車でロンドン郊外にある小さなフラットを見に行った。

そこは居間、バスルーム、小さなキッチン、寝室二部屋のフラットだった。ふたつ目の寝室は実家のクローゼット程度だったが。「決めたわ」チェズニーは即座に宣言した。家賃は高いがお給料もそうだ。

「だいじょうぶ？　うちには好きなだけ泊まっていいのよ。スティーヴンに我慢できるならね」

「ここならいいわ」チェズニーが請け合うと、ネリッサは早速夫に電話した。

電話が終わると姉が言った。「いつでも入居できるそうよ。お祝いしなくちゃ！」お祝いといってもグラスワインを飲みながら食事をするだけだったのでチェズニーは安《あん》堵《ど》した。

火曜も月曜と変わらず忙しかった。バーバラはやさしく仕込もうとしたが、退職する来週の金曜まで時間が残り少ないことはお互い意識していた。

水曜日にチェズニーが出勤したとき、ジョエル・デヴェンポートはすでに一時間以上デスクで働いていた。といっても彼女は遅刻したわけではなく、逆に十五分早いくらいだった。入社してすぐのころ、彼は一心不乱に働くと聞かされたが、この一日でそれが確かめられた。

チェズニーは彼とはあまりかかわらなかった。ただ彼がバーバラに話をしに来たついでに足を止め、如才なくたずねた。「もう落ち着いた?」

チェズニーは顔を上げ、落ち着いた態度で礼儀正しくこたえた。「ええ、ありがとうございます」そして彼はバーバラのデスクに行き、チェズニーは仕事に戻った。

金曜日ごろには仕事に耐えられそうな自信も出てきたが、疲れ切った頭で姉の家に戻った。するとネリッサが笑顔で迎えた。「フィリップ・ポメロイから電話があったわ。あなたを誘いたいそうよ」

「フィリップ・ポメロイって、いったい誰?」

「まったくどうしようもないわね」ネリッサがぼやいた。「先週の土曜にパーティで会ったじゃないの。背が高くて、ほんの少し後退気味だけど波打つ褐色の髪をした、四十歳近い男性がいたでしょう。どの人かわかった?」

チェズニーは脳裏にパーティを思い浮かべた。フィリップ・ポメロイはなかなか感じのいい男性で、わたしに興味を見せたものの不快ではなかった。「忙しいと伝えてくれた?」

「あなたから電話すると伝えておいたわ」

「ネリッサ!」

「さっさと電話したら。すてきな人じゃないの」

折り返し電話すると約束した姉の手前、チェズニーはしぶしぶ電話した。フィリップ・ポメロイは電話を喜び、早速夕食に誘ってきた。

「今はとても忙しいので」

「食事をとる暇もないくらい？」

「明日新しいフラットに移るので、荷ほどきに一週間以上かかりそうなんです」

「シャンパンとキャヴィアを持参して、荷ほどきの合間につまんでもいいですよ」

気に入ったわ。「また別の機会にでも」チェズニーは笑ってこたえて電話を切った。

土曜日はケンブリッジから引っ越し荷物が届いたので、家具を置いたりカーテンをかけたりして、いい気分転換になった。

月曜日はバーバラから最高のほめ言葉をもらった。支社で会議がありバーバラもジョエルに同行するというのだ。「今日はふたりとも会社に戻らないけれど、あなたならひとりでこなせるわ」

バーバラみたいに自信が持てたらいいのだけれど。ところがうれしいことに、ひとりで無事に仕事をこなせた。パソコンの電源を切ったときは夜九時だったけれど。不満は感じなかった。仕事が心から楽しく思えてきた。新しいフラットに帰ったときは最高に幸せな気分だった。

バーバラの最終日はあっという間にやってきた。金曜の午前中バーバラから極秘事項を教わり、チェズニーは懸命に吸収した。極秘事項を教えてくれたのは教えるに足ると確信した証拠だ。

その信頼がうれしかった。十二時半にハンサムなジョエルが、バーバラではなく自分のデスクにやってきたときはますますうれしくなった。

「僕のいちばんの個人秘書の送別会で遅くなる。オフィスはすべて君にまかせたよ」

自分の手腕を信頼された喜びで一瞬クールな仮面が崩れ、チェズニーは自然に笑顔になった。「昼食を楽しんでいらしてください」

新しい一面でも見つけたように顔をのぞき込まれたのに気づいたが、いつもの用心深い微笑に変える暇もなく彼がつぶやいた。「そんな長いまつげは本物のはずがない」

「あいにく本物ですわ」

「驚いたな」彼はそう言うとバーバラをお別れ昼食会に連れていった。

感情をこめた言い方ではなかったが、彼の言葉にチェズニーは動揺した。だけど今日はバーバラが〝彼のいちばんの個人秘書〟だ。月曜からはわたしが正真正銘そうだと気づき、動揺はおさまった。

山のような仕事に没頭していると、三時五分過ぎにバーバラがシャンパン・ランチから戻ってきた。

「ジョエルは三時の約束にそのまま行ったわ。それで、わたしは何をお手伝いすればいい？」

「もうできるだけ教えていただいたと思いますわ」

心配そうな返事に聞こえたらしく、バーバラがあなたならりっぱに勤まるわと太鼓判を押した。「あなたの前の人とは少し違うもの」

「わたしの前の人？」チェズニーはめんくらった。

「話してなかったかしら？」バーバラは話を始めた。

彼女の人生はデリク・プラットと出会い劇的に変わったという。出会ってすぐ恋に落ちて結婚した。デリクはウェールズとの境界に小さな土地を購入中だったが、彼女も異存はなかった。洗練された大人の彼女は、この生き方の変化を楽しみにしている。

「退職したいと早めに伝え、ふたりで適任者を選んだつもりでいたの。でも彼女では勤まらないとわかり、ほかの応募者も似たり寄ったりというのがジョエルの意見で、もう一度募集したの。そして――」バーバラはにっこりした。「あなたに決まったというわけ。あなたなら勤まるどころか、十分力を発揮できると思うわ」

ほんとうにそうなりますようにとチェズニーは願うばかりだ。「でも電話番号は教えてくださいね」それはバーバラの提案だったが、彼女は笑ってデスクをそこそこ片づけると仕事以外に話を広げた。

バーバラはジョエルを絶賛した。イエートマン・トレーディング社が困難な時期を迎えていたときに入社した彼は、何をすべきかすぐに見抜いて会社を改革し、役員会に迎えられた。

「そして来年はウィンズロウ・イェートマンが引退なさる予定なの」

「会長の？」いつか小耳にはさんだ情報だ。

「そのとおりよ。ジョエルは会長職をお望みなの。胸に温めている斬新《ざんしん》な考えを実施するには会長になるしかないと考えてらっしゃるのよ」

「見込みはどうなんですか？」

「少しでも公平に考えればなれるはずなのよ。危うくなりかけていた会社がこの十年間で急速に力をつけてきたのは、おもに彼の努力の賜物《たまもの》ですもの。誰よりもわが社の成長発展に貢献なさっているわ。ビジネスとなると抜け目のない野心家だけど有能よ。彼ほどの適任はいないわ」

チェズニー自身、入社して短いあいだにそういう場面をずいぶん目にした。「会長職はむずかしいとお思いなんですね？」

「確かなことは何もないわ。ここの問題は、百年ほど前に同族会社として始まったこと。少しずつジョエルのような新しい血が入ってはきたけれど、役員会の半分以上が身内なの。現に会社のトップは一族からと考えている人を三人知っているわ。役員会のメンバーは会長も含めて九人で、三人はジョエルを支持してくださるとわかっているの。本人は投票権がないのであと二票必要よ。きっと票は割れるでしょうから、会長が決定票を入れるしかない。でも会長は身内の味方をする確率が高いのよ」

「一族を？」

バーバラは首を振った。「一族の夫を。会長は会社にも最善の道を望んでらっしゃるのよ」

「ジョー――ミスター・デヴェンポートにご家族はいらっしゃるんですか？」

「結婚なさってないわ」

少し意外だった。「先週フェリスという女性から、月曜にはジーナという女性からお電話がありました。奥さまとお嬢さまだとばかり思っていました」

「ガールフレンドよ。彼は独身生活を謳歌《おうか》中なの」バーバラがいたずらっぽく笑う。「取締役のアーリーン・エンダビー、旧姓イェートマンが最近離婚したの。勤務はしていないけれど待遇はほかの役員と同じで、会長の姪《めい》でもある彼女がジョエルに注目しているわ」

「本人はご存じなんですか？」

バーバラが笑いだした。「ジョエルは女心なんてすべてお見通し。二回ほど誘って外出なさったから、彼女の空きが埋まったのは間違いなしね」そのときふとわれに返ったらしい。「おしゃべりしすぎたわ。きっと飲み慣れないシャンパンのせいね。それとも事情に通じているほうが、会長職をお望みの彼の力になれると感じたのかもしれないわ」

ジョエル・デヴェンポートは外側のドアから戻っていたらしく、五時十五分前にバーバラを呼ぶベルが鳴った。十分して彼女は戻ってきた。感激の涙で目をうるませ、片手に小切手を、もう一方に宝石ケースを持ち、腕には豪華な花束を抱えている。

感激からさめやらぬまま彼女は言った。「チェズニー、ここの仕事はほんとうに楽しかったわ。あなたもそうなれるように願っているわ」

「きっとそうなりますわ」チェズニーはほほえんでこたえた。でもそれより仕事ができますようにと願った。先ほど聞いたバーバラの話からすると、この職につきものの日々の難題やストレスのほかにも、社内で闘いが続いている様子だから。

事実、役員会のメンバー三人が、ジョエル・デヴェンポートの会長就任に反対している。チェズニーは思いがけない忠誠心が胸にわき上がるのを覚えた。彼が会長になれるように、できることはどんなに小さなことでもして力を尽くそうと心に決めた。そして自嘲《じちょう》した。新会長選出となったとき、一介の個人秘書に何ができるかしら。

2

前任のバーバラが退職して四週間が過ぎた。幸いチェズニーは彼女やアイリーン・グレイに助けを求めずにすんだ。アイリーンは常勤の激務を嫌い、会社は有能な人材を失いたくないというわけで、彼女は社内の派遣秘書のような仕事をしている。

その月曜日チェズニーは、ジョエル・デヴェンポートの〝いちばんの個人秘書〟として、初めて心からの自信を抱きながら出勤できた。

生やさしい四週間ではなかった。ジョエルは苦もなく職務をこなす仕事人間だ。最初はそんな彼についていくだけで過労になった。

チェズニーは遅くまで働き、彼が一日外出したときは夜九時まで会社に残り、たまっていた仕事をきれいに片づけたこともあった。

夜はふらふらになって帰宅した。軽い食事を手早く作り、翌朝のために颯爽《さっそう》とした通勤服を用意してベッドにもぐり込む生活だ。ときどきジョエルが夢に現れたが、それも意外ではない。今では彼に生活を支配されているのだから。

ある週末はヘレフォードシャーに住む祖父を訪ね、別の週末にはケンブリッジの両親に会いに行った。実家には〝今度こそ最後〟と夫と別れたロビーナが来ていて、もうたくさんよ、離婚するわと涙ながらに宣言した。夫から電話がかかるとさらに涙に暮れ、ヒステリックに夫の欠点をあげつらった。

姉の憎々しげな応酬を聞いて、チェズニーは結婚しないと決めて正解だったと改めて思った。といっても結婚する機会なんてあるかしら。苦笑するしかない。こんな仕事優先の精力的な上司のために働いていたら、デートの暇も人間関係を築くゆとりもない。

昨夜、姉のネリッサから電話があった。ポメロイからまた電話でわたしの電話番号をきかれたという。

「教えたの？」彼はデートに誘いたいのだろうが出かける暇はない。フラットの電話番号を教えなければ言い訳をしなくてもすむ。

「教えない約束だもの」ネリッサは言っていた。

チェズニーは芽生えたばかりの自信を胸に会社に入り、最上階に上がった。もちろんジョエルはもう熱心に働いている。彼がロンドンにいるときはいつも先を越された。

バーバラが辞めて最初の月曜日を思い出すと口元に笑みが浮かんだ。あの日いつものクールなわたしに見えるように願いながら、緊張しきって自分のオフィスに入った。デスクに着いたとたん、ジョエルが挨拶《あいさつ》に来た。まるでこの月曜がわたしの初出勤のように。

〝おはよう、チェズニー〟彼は楽しそうに言った。〝君は尻尾《しっぽ》を巻いて逃げなかったんだね？〟

チェズニーは用心深い微笑を浮かべ、内心動揺しながら応じた。〝おはようございます、ミスター・デヴェンポート。わたしは簡単には尻尾を巻きませんわ〟

彼はしげしげと見てうなずいた。〝うれしい言葉だ。これからはジョエルと呼んでほしい〟こうしてわたしの〝いちばんの個人秘書〟第一日目が始まったのだった。

チェズニーはオフィスに入った。今日は彼のオフィスに通じるドアが開け放してある。

「おはようございます」デスクの書類に没頭している彼に挨拶した。

「おはよう」彼は例によって顔は上げなかった。

チェズニーがバッグをしまうや郵便係のダレンが現れた。「おはようございます」彼はかすれた声で言い、郵便を渡すとき手が触れると真っ赤になった。

チェズニーは視線をそらし落ち着く時間を与えた。「お母さんの具合はどう？　よくなってるといいんだけど」彼の顔の赤みが鎮まったのでほっとした。

「今日から仕事に戻るんですよ。ありがとうございます」彼は輝くような笑顔で見つめ戸口に向かった。

そのときオフィスから出てきていたジョエルの視線に気づき、ダレンは戸口から飛び出していった。ジョエルが突然言った。「あの若者は君を崇拝しているね」

ないようだ。
「一時的な熱ですわ」チェズニーはこたえて仕事に備えたが、彼はこの話題をやめる気が
「君があんな態度じゃ、いつまでも冷めやしない」
あんな態度？　彼女はなるべく穏やかにこたえた。「失礼にならないようにしただけで
すが」
「君はどの崇拝者にもあんな態度をとるのかい？」
仕事となんの関係があるのかしら。チェズニーはそっけなくこたえた。「相手の年齢に
もよります。ダレンのように感じやすい若者が赤くなったら思いやりが必要ですが、もっ
と年上のひねくれた男性の場合は――」その代表の彼をまともに見て続けた。「強靱《きょうじん》なの
でその必要はありません」
うなり声が返事だった。「郵便の仕分けがすんだら持ってくるように」
まる三袋もありますけど、了解。すると彼は噂話《うわさ》もできるのだ。入社して間もないが、
ジョエルが女性社員に人気があることには気づいていた。
朝から幸先《さいさき》の悪いすべり出しで、好転しないまま午後一時近くなったとき、ジョエルの
オフィスのドアが開いた。彼の姿はなく、青い目のブルネットの女性が入ってきた。みご
とに日焼けした、すばらしい美人だ。
「あなたがチェズニーね！」女性がほほえんだ。「ウィンズロウおじさまから噂は聞いて

いるわ」

〝ウィンズロウおじさま〟とはイェートマン会長にちがいない。会長には数回会ったが、とても魅力的な紳士だった。「アーリーン・エンダビーさんですね」当社の勤務していない取締役だろう。

「ええ。ジョエルを昼食に誘いに来たけどいないみたいね」

彼のスケジュールを効率よく立てているのはわたしだから、会長の姪《めい》と昼食の約束がないのは知っている。チェズニーは如才なく言った。「どこかで長引いているのでしょう……」

「約束はしていないわ。休暇で日光を浴びて帰ったばかりなの」彼女は喉を鳴らさんばかりに自慢した。「積もる話があって――あら!」ドアの開く音がして彼がオフィスに戻ってきた。「ジョエル! ダーリン!」アーリーンが久しく行方不明だった恋人を見つけたように抱きついていった。

アーリーンがジョエルに身をすり寄せたとき、チェズニーと彼の視線が合った。どちらの顔にも微笑はない。チェズニーは立ち上がり、ゆっくりとドアを閉めた。ジョエルが女性を抱いている姿を見たくない。そんななじみのない思いで心が揺れた。妙な話だ。なぜこんなことで思い悩まなくてはならないのかしら。

いいえ、べつに妙ではない。職場でそんな光景を見たくないだけ。ここは働く場所だ。隣の部屋のできごとは仕事とは関係ない。どうなっているのかしら。いやに静かだ。ドアを開けておけばよかった。

チェズニーは翌日には動揺から立ち直っていた。ダレンが郵便を配りに来ると軽くおしゃべりし、何やかやと立ち寄る部長たちも愛想よく迎えた。会社組織がしだいに頭に入り、ときどき姿を見せる経営陣の名前もわかってきた。

でも会ったことのない人が現れた。午後一時十五分前、背の高い白髪の男性が戸口から顔をのぞかせ、入ってきて微笑した。「君はバーバラより美人だね」チェズニーがにこやかに目で問いかけると彼がたずねた。「息子はいるかな?」

「ジョエルのお父さまですか?」

「わかってる。あんな大きな息子がいる年には見えないだろう」彼は少なくとも七十歳にはなっている。「マグナス・デヴェンポートだ、よろしく」彼が右手を差し出したのでチェズニーはすぐに気に入り、握手を交わした。

「チェズニー・コスグローヴです。息子さんはあいにくビジネスランチで外出中ですが、わたしでお役に立てますかしら?」

「困ったな! 昼食に連れていってもらおうと街の向こうから運転してきたのに」彼はため息をついた。

チェズニーはしばし思案した。ジョエルの父親は祖父より十歳ほど若いだけと気づき心は決まった。祖父を昼食に連れていくのに迷いはしない。「よろしかったらわたしがご案内しますわ」

「待ってました!」彼はほほえんだ。

昼食をしているうちに彼はいたずらっぽい人だとわかった。マグナスと呼んでくれと言い、なんでも誰の話でもおかまいなしにおしゃべりした。大のゴシップ好きで、罪はないようだが浮気性らしい。

何年も前に妻であるジョエルの母親に追い出されて離婚したと彼はあけすけに話した。「甲斐性《かいしょう》がないってさ。信じられるかね? もううんざりだとも言われたよ」お気の毒にとチェズニーが言おうとしたとき彼がふいに笑った。「そんな妻を責められるかね? わたしは仕事が長続きしなかった。思えば引退した日は最高に幸せだったよ」

チェズニーも笑いだした。彼には思わずつられてしまう。彼がコーヒーをのんびり飲みたい様子なので言った。「そろそろ戻らなくては」

「明日、競馬に行くんだがいっしょにどうだね?」

チェズニーはほほえんで辞退し、会社まで送ってもらった。遅刻だ。彼の車から降りたときは二時を二、三十分過ぎていたがあまり心配はしなかった。残業はいつものことだ。五時までに仕事が終わらなかったら、今夜も残業すればいい。

「わたしは入らないよ。競馬に行く気になったら電話しておいで」彼はそう言って名刺をくれた。

チェズニーは笑顔で別れたが、すぐに気持ちを仕事に切り替えた。オフィスに入ると隣に通じるドアが開いている。ジョエルは戻ったらしい。

遅くなった説明をしに行った。わたしが戻ったことを彼は知っているようだ。視線を上げたようには見えなかったけれど。

デスクの横に行ってもジョエルは視線を上げない。なぜかそれに腹が立った。気づいた様子を見せるまでひとことも言うものですか。

向きを変えて離れかけたとき、彼がゆっくりとペンを置き顔を上げた。椅子の背にもたれて無言で値踏みするように眺めた。赤みを帯びた金髪のてっぺんから、ロイヤルブルーのスーツに包まれた細身ながら曲線美の姿態、そして靴先まで。チェズニーががっしりした顎、にこりともしない不機嫌そうな唇を見てとったとき、彼の視線がさっと上がった。青い目と強情な緑の目が正面からぶつかった。

注意は引いたものの彼はこちらが話すのを待っている。それも腹立たしいが、これまで苦労して装ってきたクールな仮面を今はずすつもりはなかった。

チェズニーは穏やかに切りだした。「お父さまがお見えになり、お会いできなくてがっかりなさっていました」ジョエルが何も言わないので続けた。「代わりに昼食におつき合いしました」

「がっかりした父をさぞかし慰めたんだろう」苦々しく浴びせられ、チェズニーは自分でも知らなかった闘争心に目覚めた。「支払いはどっちがした?」ジョエルがいきなり問いただした。

そんなこと関係ないのに、横柄な人だ。チェズニーはつんとした。「わたしのおもてなしです」

「父がうまい言葉で昼食をおごらせたんだな?」

「とんでもありません。感じのいいかたでしたわ」

「僕が返そう」だしぬけに言われて彼女は怒り心頭に発し、クールな仮面はどこかに飛んでいった。

「けっこうです!」かっとなって言い返すと彼がほほえんだ。この六週間見せられたクールな仮面がはがれるのはじつに楽しい眺めだと言わんばかりに。

彼は肩をすくめた。「それならやめておくよ」急にものやわらかな口調で言ってペンを取った。

チェズニーは足早にオフィスに戻った。なんていやな人なの。わざと怒らせるなんて。いつもの仮面がはがれると無防備な感じがして気に入らなかった。

騒がしく仕事を始めながら、チェズニーは彼とかかわりたくないと思った。自分を表に出すからこんな羽目になるのだ。彼の父親に会って好きになり、笑い合ったりするから世間向けのチェズニーに傷がついた。まるで父親が息子のためにわたしの抵抗力を弱めたみたい。そんなことは我慢できない。

午後四時には彼女は落ち着きをしっかりと取り戻していた。四時十五分、財務部のラリー・ジェンキンスが質問があってやってきた。専門外の内容だったが対処できたのでうれしかった。そのときドアが開いてジョエルが入ってきた。ラリーは長居していたわけでもないのにそそくさと出ていった。

ジョエルはラリーを見送りながら言った。「この廊下は活気があるな。緊急な用件で君の指導を仰ぎに来る重役連中が出たり入ったりしている」

返事のしようがない。でもなぜ知っているのかしら。彼はあたりにいなくても見逃さない。「わたしの指導がご入り用でしょうか?」チェズニーは冷静にたずねた。おかしそうに笑いだした彼を見たとき、もういやな人とは思わなかった。

「まだ僕のことを怒ってる?」魅力あふれる口調でたずねられたときは、また彼が大好きになった。

「わざと怒らせたりして」

「僕が?」彼はしらばくれ、仕事の指示に移った。

その夜チェズニーは幸せな気分で帰宅した。この仕事が気に入った。こんなに仕事に刺激を感じるのは初めてだ。ボスも好き……。気づくとジョエルのことを考えていた。ほんとうに魅力的な人だ。今朝ジーナから電話があったが、彼は一分も話さなかった。ふたりの仲は終わりかけているのだろう。

ジョエルは木曜の朝いちばんにスコットランドに飛ぶ予定なので、水曜はふだんより早く出勤した。そうすれば夜彼が退社するまでに必要な資料を仕上げられる。

「おはようございます」チェズニーは挨拶した。いつもより早いことなど気づかれないだろう。

「眠れなかったのかい?」

お見それしました。ジョエルはどんな小さなことも見逃さない。チェズニーはひとり悦に入りながらこの日の仕事に取りかかった。

午前中彼のオフィスでノートを取っていると、チェズニーのデスクの電話が鳴った。時間を惜しんで、ジョエルが自分の電話に転送して受話器を取った。

「おりますが、どなたですか?」わたしへの電話らしい。仕事の用件だろう。家族は緊急時にしかかけてこない。「ポメロイ、申し訳ないが僕の個人秘書は今手が離せない」彼は愛想よく言って電話を切り、涼しい顔で中断したところからまた始めた。

チェズニーはびっくりして彼を見た。信じられない。ポメロイという人からの電話だとわかるし、ポメロイといえばフィリップ・ポメロイしか知らない。でも電話をわたしに取りつがないなんて。

彼女はすぐに声を取り戻し、ていねいにたずねた。「折り返し誰に電話をすればいいのでしょう?」苛立《いらだ》ちをぶつけたくてうずうずする。

ジョエルが冷ややかな青い目で彼女を見た。「どうしてフィリップ・ポメロイを知っている?」

あなたには関係ありませんと言いそうになった。でもわたしだけでも礼儀正しいところを見せなければ。チェズニーはこわばった声でこたえた。「パーティで会ったんです」

ジョエルは納得いかないらしく冷たい声で言った。「彼が商売敵と知っているのか?」

「商売敵?」

「念のために言うと、彼は科学技術分野でのライバル企業、サイミントン・テクノロジーのトップだ」

「存じませんでした」わたしの仕事は極秘だと注意されたも同じだ。不愉快だ。冷たい態度で注意されたことに憤慨し、チェズニーはつんと顎を上げた。「わたしよりもよく彼をご存じのようですね」それから自制し、やりすぎと承知のうえで言った。「もしかして彼の電話番号もご存じでしょうか?」

冷ややかににらまれたが引き下がる気はない。

「その必要はない。どうせまたかかってくる」

デスクに戻ってもまだチェズニーはジョエルに反発を感じていた。フィリップ・ポメロイと特別話したくはないが、話すかどうかは自分で決める。オフィスにガールフレンドから電話があったら話すくせに、わたしには許さないとは何さまのつもりだろう。いくら相手がライバル企業のトップにしても。

彼の予想どおり昼ごろポメロイから電話があったとき、ボスへの親近感は消えていた。オフィスの仕切りのドアが開いたままで話が筒抜けでなかったら、夕食の誘いを断っていたかもしれない。でもジョエルが聞いている。「こんにちは、ポメロイ」わたしの仕事は極秘だと注意するなんて失礼な。わたしがどう考えているか思い知らせてやらねば。

「いいだろう。もう荷ほどきは終わったはずだよ」ポメロイがしきりに誘った。

チェズニーは隣のオフィスをうかがった。ジョエルは仕事をしているようだが、同時にいろいろなことができる人だ。「ええ、喜んで」彼に聞こえるように言う。ジョエルが頭を巡らして見たのでうれしくなった。彼がにこりともしないのでつい笑みがこぼれた。急いでうつむいたが見られたにちがいない。

「今夜？　住所を教えてくれたら迎えに――」

「今日はだめ」チェズニーはあわててポメロイをさえぎった。今夜は何時に仕事が終わるかわからない。ジョエルがスコットランドに行く明日ならもっと楽だろう。「明日なら――」

フィリップは即座に同意して住所をきき、楽しみにしてるよと言って忙しそうに電話を切った。

それから彼女は考える暇もなく仕事に没頭した。ふたりとも残業になった。夜七時十分にやっと仕事を終え、出張に必要な資料が揃《そろ》っているかもう一度確認してからチェズニーは彼のところに行った。

十分して最終的な承認をもらい、帰宅しますと告げた。謎《なぞ》めいた青い瞳が見つめている。真顔だった彼が頬をゆるめ、静かに言った。「君は貴重な宝になってきたよ」

不思議なことにチェズニーは胸がときめき、つられてほほえみそうになった。でも今朝の彼の態度を忘れられない。そこで秘書らしく、感じはよいがとりすました顔で、よい旅をと言って帰った。

その夜はなぜかジョエルのことばかり頭に浮かんだ。今までこんなに悩まされた上司がいたかしら。

彼が頭から離れず落ち着かなくて、九時半に姉に電話した。ネリッサが弁解がましく言った。「かかってくると思ってたわ。電話があったのね」

「会社の番号を教えなくてもいいじゃないの」

「どうしようもなかったのよ。家の電話番号は教えないでと言われたし、口実がつきてしまって。それでどこに連れていってくれるって?」

「知らないわ。彼が迎えに来て――」

「いっしょに出かけるのね！」

チェズニーは思わず笑いだした。「明日ね」そのあと二、三分おしゃべりしてから電話を切った。ジョエルがまた頭の中に戻ってきた。わたしのことを貴重な宝だなんて。ほほえんでいるのに気づき、すぐさま笑みを消した。ただのお世辞だ。

やはり木曜日は前日ほど忙しくはなく、仕事がすいすいとはかどりうれしかった。ジョエルがいないオフィスはわくわくするような活気はないが、定時に帰れそうで都合がいい。家に帰ったらゆっくりとお風呂に入り、ポメロイと出かける支度をしよう。

四時五分に腕時計を見た。このぐらいの仕事なら五時には退社できる。段取りとしては……。

四時半に電話が鳴った。「ジョエル・デヴェンポートのオフィスです」

「やあ、チェズニー」その声を聞いて心がとろけた。ばかばかしい。彼女はみずからを叱《しか》りつけた。「手数をかけて悪いが」少しも悪いと思っていない口調だ。「明日の早朝ロンドンで会議をすることになった。書類を用意してもらえるかな？」

「もちろんです」チェズニーは反射的にこたえてノートを手に取った。「どうぞ始めてください」

半分も終わらないうちに手が痛くなった。冗談でしょう。これを仕上げるには何時間もかかる。今夜はデートがあるのでと断りかけたとき面接の質問が頭に浮かんだ。デートの間際に出張が決まったらどうするとたずねられ、問題はないと迷わずこたえた。これは出張とは違うが状況は同じだ。

「量が多すぎて無理かな？」ようやく指示が終わると彼がたずねた。

「なんのための貴重な宝ですの？」チェズニーは考える前に言っていた。

「君は頼みになるとわかっていたよ」ジョエルは心をくすぐるようなことを言って電話を切った。

チェズニーはすぐさま仕事を開始した。資料を集めながら気づいた。すべてを分類して大量の機密書類を入力して仕上げ、フィリップ・ポメロイとのデートの約束も守るのは無理だ。

断ろうと受話器に手を伸ばしたとき別の考えが浮かんだ。手元の資料を徹底的に調べ、帰宅前にできるだけ新しい資料を入力する。そして彼との夕食が終わったあとで、家のパソコンで必要なだけ仕事をすればいい。名案じゃないかしら。

検討しても欠点は見当たらない。ジョエルの出社までにデスクに書類を揃えておく必要があるが支障はなさそうだ。彼の出社時刻がわかっていたらよかった。上級の個人秘書の仕事がこういうものなら、わたしはまさしく適任という証《あかし》になるはずだ。

フィリップ・ポメロイの車でレストランに向かいながら彼女はいい気分だった。四時半にあの電話を受けてからくつろいで座るどころではなかった。六時五分に書類や事務用品一式を車に積み、会社を飛び出るように帰宅した。大急ぎでシャワーを浴び、ストレートラインのスカートの黒い半袖《はんそで》ワンピースを選んだ。手持ちの服は多くはないが質はいい。支度をすませ、寸暇を惜しんで入力していると、フラットの表のブザーが彼の到着を知らせた。

彼が選んだリントンは上品で控えめな高級レストランだった。彼はいっしょにいて楽しく、洗練されていて、見え透いた押しの強い態度をとれる人ではない。チェズニーはしだいにくつろいできた。

食事が始まるとフィリップが言った。「君がジョエル・デヴェンポートの個人秘書だとは知らなかったよ。イェートマン・トレーディングに入社してまだ日が浅いね。でなければ聞いているはずだ」

チェズニーは驚いた。それとも当然なのだろうか。ジョエルも商売敵のフィリップの個人秘書の名前を知っているのかしら。ありそうなことだ。

「働きだして二カ月くらいになるわ」これくらいはこたえても害はないだろう。

「新しいフラットに引っ越したころ転職したわけだ。デヴェンポートの個人秘書として働いた感想は？」

「悪いけど、お仕事の話はしないことにできないかしら？」

フィリップが好ましそうに見つめた。「仕事の話はしないと約束するよ」彼は微笑した。

「だけど彼に伝言を頼む。毎日君を眺めていられるとは幸せなやつだと。それで新しいフラットの住み心地は？」

二皿目の料理のあいだにフィリップが結婚に失敗したことがわかった。それは気にならない。結婚に失敗しない人はいない。だんだん彼が好きになった。好意以上の気持ちにはならないけれど。彼の話に笑い、口元に笑みを残して視線をそらしたとき、数テーブル離れた席にいる人物の鋼のような青い目と目が合い、チェズニーはぎょっとした。目の光を見て厄介なことになったと悟った。

心境とはほど遠い冷静な態度でポメロイに視線を戻した。適当に返事をしつつ忙しく考えを巡らせる。スコットランドから飛んで帰ったジョエルは、わたしが会社で残業中だと思っていたはずだ。

電話で頼んだ仕事を仕上げなかったと考えているにちがいない。チェズニーは不愉快になり、フィリップの軽妙な話に必要以上に笑った。

フィリップはうれしそうだ。ジョエルがどう思おうとかまわない。彼は知らないが、わたしは明日の朝八時に間に合うように帰宅してから仕事をするつもりなのだから。じゃま者は消えてよ。

「コーヒーのお代わりは？」フィリップがたずねた。

「せっかくだけど。最高の夜だったわ。でも……」

「でも仕事にさしつかえる?」

「そんなところ」彼女はほほえんだ。出口に向かう途中、ジョエルのテーブルの横でフィリップが足を止め、礼儀正しく挨拶したときもほほえんだ。

「やあ、ポメロイ」ジョエルは立ち上がった。「それにチェズニーも」彼女にも声をかけ、とびきり美人ながら色気たっぷりの連れを紹介した。「イモジェンを知っているかな?」

短い紹介が続いたが、ジョエルは自分の個人秘書のチェズニーにお小言があることは口にしなかった。こき使っておいて言えるものなら言えばいい。そのあとふたりはまた出口に向かった。

フィリップはフラットの建物の玄関でたずねた。「また会ってもらえるかい、チェズニー?」

彼は好きだし楽しい相手だ。それに商売敵と出かけるとジョエルがいやがる。「喜んで」こたえたものの彼は今週の土曜日を考えているかもしれない。「電話番号を教えるわ。たぶん来週なら」

「楽しみにしているよ」電話番号を教えたとき彼が身を屈《かが》めたが、身を引くのを感じたのか頬のキスにとどめ、チェズニーが建物に入るのを待った。

フラットの調度は両親や祖父母や姉たちからのもらい物や、自分で買った家具の寄せ集めだが、いい感じに調和して家庭的な雰囲気を醸し出している。

でもくつろいではいられない。手を洗って早速、冗談で書斎と呼んでいる小さな寝室に向かった。

仕事を始めて四十五分経《た》ったとき外のブザーが鳴った。フィリップかしら。なぜ戻ってきたのだろう。チェズニーは小さな玄関ホールで建物の表玄関に通じる受話器を取った。

「どなたでしょうか?」

「デヴェンポートだ」歯切れのいい声が返ってきた。

デヴェンポートですって。まさか胸にあるお小言を浴びせたくて、美しいイモジェンを置いてきたわけではないでしょうね。こんなに夜遅く? まさか。でも彼は愛想のよい口調ではない。

「中へどうぞ」チェズニーも歯切れよくこたえた。わたしは解雇の理由になることをしたかしら。そうは思わない。それにくびを言い渡すために家を訪ねたりしないだろう。それともするかしら。

玄関で待ちながらチェズニーは彼の用向きがなんにしろ心構えだけはしておき、呼び鈴が鳴るなりドアを開けた。ふたりは交戦中の敵さながらに冷たくにらみ合った。やがてジョエルが口を開いた。

「まだ着替えていないのか」敵意に満ちている。彼が黒いワンピース姿をさっと眺めた。前にはなかった胸元の谷間の優美な丸みに一瞬視線が注がれた。

チェズニーは両手で胸を隠したい衝動を覚えながら背を向け、中に入るように勧めて居間に案内した。もしわたしが寝ていたとしても、彼はブザーを鳴らしたにちがいない。

居間で向かい合うと、チェズニーがたずねる前にジョエルが口を開いた。「朝あの書類が必要だと君は知っていたはずだ」彼は空港から会社に立ち寄り、命じた書類がデスクにないのを発見したらしい。「それなのに君は――」

「訪ねてくださって助かりました」彼女は内心はらわたが煮えくり返りながらも穏やかにさえぎった。「少しわからない点があって。もしお疲れでなかったら手を貸していただけますか?」彼がいぶかしげに目を鋭くした。ああ胸がすっとした。「書斎にどうぞ。あの書類を作成しているところなんです」

彼の目がきらりと光った。一戦交えるために訪ねてきたのに怒る理由がなくなって気に入らないのだ。おあいにくさま。

チェズニーが期待に添うつもりだったと知り感心したのかどうか、彼は書斎までついてきた。室内には入力して印刷した書類もある。

ジョエルは疑問にはすぐこたえたものの、にこりともしない。怒りの矛先を奪われたことが気に入らなくて、まだ一戦交わしたいのだろうか。

「朝八時までにデスクに用意するつもりでした」

その骨折りに敵意のまなざしが返ってきた。チェズニーは悦に入りながら彼を玄関まで見送った。彼はドアの取っ手に手をかけてチェズニーを見下ろし、ためらってから言った。

「昨日話し合ったのに君がポメロイと出かけるとは思わなかった」

話し合った？　フィリップがライバル企業のトップだと教えられただけだ。わたしの仕事は極秘だと念押しする必要を感じたらしいのが腹立たしい。

「もしフィリップがわたしから秘密情報をきき出そうと狙《ねら》っているなら、会社に電話して名乗るわけがないでしょう」憤然と浴びせたので、彼女のクールなイメージはぼろぼろになった。「二カ月近くあなたの個人秘書をしてきたわたしが、秘密でもなんでも情報をもらすと本気でお考えですか？」かんかんに怒ってまくし立てると、彼はクールな仮面が壊れるのを楽しむように見つめ、ずうずうしくもほほえんだ。

「仕事が忙しくて最初のデートでおやすみのキスもできず、気の毒なことをしたね」彼が魅力たっぷりに言った。

向こうずねを蹴《け》ってやりたい。チェズニーは懸命に自制した。「あなたこそキスもしないで寝るおつもりのようですけど」にこやかにこたえたが〝まさか〟と言わんばかりの瞳を見ていやな気分になった。お色気たっぷりのイモジェンがどこかで待っているのかしら。

それにには触れず彼は外に出て、いともやわらかな声で言った。「あまり遅くまで無理しないように」

チェズニーはジョエルの後ろ姿をねめつけた。ひとでなし！

3

その月も終わるころにはチェズニーはしだいに仕事に慣れてきた。この職は自分に向いている。仕事はきつくて夜遅くなる日も多く、大きな会議のときは週末がまるつぶれになったが、この仕事が大好きで生きがいを感じ、ほかの仕事をするなんて考えられなかった。生きる場所を見つけたような、ジョエルのために働くのが目標だったような気がした。フラットを訪ねてきた彼が、意外にもわたしが翌朝には会議資料を用意しておくはずだったと知ったあの夜以来、ふたりは互いに敬意を抱く、息の合った上司と個人秘書になった。

同じ夜フィリップに家の電話番号を教えてから、彼はよく電話をしてくるが会社にはもうかけてこない。ときどきふたりで外出するが、友人づき合いだと彼にはわかっているだろう。現に、いつも別れ際にされる頬へのキスは友人同士が交わす挨拶《あいさつ》のはずだ。明日の夜もフィリップと会う約束になっている。

金曜の昼近くにデスクの電話が鳴った。「ジョエル・デヴェンポートのオフィスです」

「その声はうるわしのチェズニーだね」中年男性の声だ。一、二秒して思い出した。

「マグナス！」声に笑みがまじった。「あいにくジョエルは午後過ぎまで外出なんです。特別なご用件でしょうか？　わたしでお役に立てますか？」

「君とおしゃべりするのは久しぶりだな」

たしかにジョエルの父親と昼食をしてから一カ月以上になる。彼が話したがっている様子なのでチェズニーはたずねた。「お元気ですか？」

数秒の沈黙があった。やがてこたえた彼の声は、打って変わって弱々しく老人じみていた。「じつはこのところ気分がすぐれなくてな」

「具合が悪いんですか？」心配になった。最初のほがらかな口調は空元気だったらしい。今や不安になるほど声が震えている。

「わたしは――だいじょうぶだよ」けなげな返事だ。

でも安心できない。「お医者さまに診てもらいました？」チェズニーは口調ほど心穏やかでなかった。

「だいじょうぶさ」マグナスが繰り返した。つまりだいじょうぶではないのだ。

「お医者さまに診ていただいたら？」

「考えてみるよ」その気はなさそうだ。

「どなたかとごいっしょですか？」

「こんな老いぼれといたがる者はいないよ」明らかに気分は上々とは言えない。

五分ほど問題を突きとめようとしたがきき出せず、言いにくいことかもしれないと気づいてあきらめた。

電話のあとも心配は消えなかった。病気かもしれないし、なんでもないのかもしれない。ジョエルの連絡先は知っている。でもなんでもなかったら？　彼ならどうするだろう。会議を抜けて様子を見に行くかしら。父親をそれほど気にかけていないようだけど。

具合の悪いマグナスがひとりでいると思うと気が気ではない。十二時四十五分、ついに我慢できなくなった。昼休みを早めに取ることにして連絡し、伝言を受けてくれるように頼んだ。彼の名刺がどこかにあるはずだ。車で会いに行こう。

マグナスの家まで四十五分かかった。感じのいい家の前で車を停《と》めた。彼が玄関まで出られますように。電話したとき座ったままかもしれない。

呼び鈴を鳴らすとすぐにマグナスが笑顔で現れた。ぴんぴんしている。チェズニーより早く彼が言った。「来てくれないのかと思ったよ」陽気な声だ。

わたしを待っていたの？　マグナスは顔も声もいたって元気そうだ。「具合が――悪いはずでは？」

「寂しくてね」

チェズニーは見つめるしかなかった。彼はどこも悪くない。なのにわたしは仕事に集中できず、勤務中に外出した遅れを残業で取り戻さねばならない。「昼食をご所望ですか?」彼のぱりっとした服装から察するところそうだろう。

「最近少し勝ったんだ」マグナスがにやりと笑った。「わたしがおごるよ」

チェズニーは怒りたかった。彼にだまされたのだ。でもいたずらっ子みたいに笑って寂しいと認められたら怒れやしない。

昼食のとき彼は例によって話し好きで口が軽かった。出だしはたいていこうだ。〝わたしがドロシーアに追い出されたとき……〟こうして行き場がなくて困っていた彼をジョエルが援助し、家を買ったことがわかった。毎月の手当も渡しているらしい。

「一括でほしいと頼んだら、競馬に全部つぎ込むんだろうと言われてな。親父《おやじ》のことはお見通しだ」マグナスが皮肉まじりにぼやいた。「アーリーンは相変わらずジョエルを追いかけているんだろう?」

アーリーン・エンダビー、旧姓イェートマン。「わかりません」

「彼女は夫を捨てて離婚する前ですらジョエルを追いかけていたよ。それで――」

「そんな話をなさってはいけませんわ」

「君までやめてくれよ」マグナスが笑った。「ドロシーアによく叱《しか》られたもんだよ。あなたは噂《うわさ》好きな主婦よりたちが悪いってね」

チェズニーはやさしくほほえんだ。「今でも奥さまのことがお好きなんですね」

「ドロシーアを？　あの口やかましいばあさんにぞっこんさ」ほほえんでいたチェズニーは思わず笑いだした。ほんとうに救いがたい人だ。

会社に戻るのが遅れ、オフィスに急いだときは三時になっていた。今夜の残業は何時になることか。ジョエルは戻っていて仕切りのドアが開いている。

チェズニーはバッグを置いて謝りに行った。「遅くなって申し訳ありません。わたしがいなくてご不便はなかったでしょうか」

「買い物？」彼は穏やかにたずね、セイジグリーンのショートジャケット、膝上スカートからすらりと伸びた脚と細い足首に目を走らせた。

「いえ、外で昼食を」

「君の働きぶりからしたら、昼食をゆっくりするくらいでは足りないよ」やっぱりわたしたちは息が合うと思ったのもつかの間、彼のくつろいだ態度がかき消えた。「誰といっしょだった？」

豹変《ひょうへん》ぶりに驚きながらチェズニーは懸命に落ち着いてこたえた。「あなたのお父さまと」どのみち話すつもりだった。彼の父親が寂しがっていることも。

「まさか！　父がやってきて君をだまし――」

「電話があったんです」チェズニーは募る腹立ちを隠せずさえぎった。「具合が悪そうでしたが、あなたは会議中なので、おじゃましてもどうかと思いました。もしなんでもなかったら――」

「あの悪賢い古狐《ふるぎつね》のために会議のじゃまをする？」彼は肝をつぶしたような顔をした。

ジョエルは父親のことならお見通しだ。チェズニーは彼の驚いた顔など無視したものの、真に受けたのがばかのような気がした。

「病気だとおっしゃったわけではありません」このところ気分がすぐれないと言っただけだ。

「だが心配させる言い方をしたので、君は僕に連絡するより――その点はありがたかった」少しもありがたそうでない顔つきで、いやみな口調だ。「父と昼食をしたほうがいいと判断した」

「昼食をしに行ったわけではなくてただ――だんだん心配になって結局車で訪ねたんです」

「父の家を？」敵意が感じられる。「父の家がなぜわかった？」

いったいどうしたというの。「前に昼食をしたとき電話できるように名刺をいただいたので」

「父が電話をしてほしいと？」

彼が怒りを募らせているとすれば、チェズニーの胸は煮えくり返ってきた。「競馬に行きたくなったときは電話をしてほしいと。わたしはその気になりませんでした。とにかく

――」

「とにかく君は父の家を訪ね、父がどこも悪くなく、また昼食をたかりたかっただけだと知った」

「ごちそうしていただきました！」もう我慢できない。「お父さまにそんな言い方はやめてください！」抑制は飛んでいた。ジョエルが唖然《あぜん》として眉をつり上げても、彼女は怒った勢いでまくし立てた。「自分の父親でしょう。お父さまは寂しくて――」

「すると君はさぞ父を元気づけたんだろう」彼は憤然と立ち上がった。

「何がおっしゃりたいんですか？」緑の瞳に怒りの火花が散った。

「知るものか。いったいどうなってるんだ？」彼がデスクをまわってきて問いつめた。

「やめてください！」チェズニーはもう少しで彼を叩《たた》きそうになった。こんな腹の立つ男性は初めてだ。激しい怒りを必死で抑えてきっぱりと言った。「わたしはヘクター・ブラウニングの継母《ままはは》になる気もなければ、あなたの継母になる気もありません」

ジョエルの顎がこわばるのが見えた。彼も怒りを抑えているのだ。「部屋を出たらドアを閉めてくれ」

あたりが揺れるほどドアを叩きつけたい気持ちを我慢して、チェズニーはデスクに戻った。バッグを手に出ていくのはすぐだ。そうしたくてたまらない。

でも自制した。息の合ったわたしたちはどうなったのだろう。身を粉にして働いたのに。

彼は働きがいのない上司だ。バーバラはよく我慢できたものだ。運悪く上司となった人への反抗心を仕事にぶつけた。

書類が完成してサインが必要になったときもまだ彼女の怒りはおさまらなかった。自分で取りに来ればいいと思ったが、プロ意識がじゃまをした。

チェズニーは立ち上がり、書類をかき集めてフォルダーにしまい、足早にオフィスに入った。デスクで仕事に没頭していた彼が目を上げたとしても見なかったのでわからない。デスクの空いた場所に無言でフォルダーを置いてオフィスを出た。

それから一時間、チェズニーは知らないうちに彼の立場で考え始めていた。あんな質問をするなんて。

〝どうなってるんだ？〟まるでわたしが彼の父親に下心がある欲の深い女みたいに。でもわたしも彼の父親をかばうなんて何さまのつもりかしら。息子のほうが父親をずっとよく知っているのに。本人は決して認めないだろうが彼は父親を愛している。どう見ても父親は信用ならない。それでもジョエルは住む家を世話し、生活費に困らないようにしてあげたかった。

だからといってあんな質問をしていいわけがない。新たな反感が胸にわき上がった。でも前ほどの勢いがないことは自分でも気づいていた。

置いてきた書類をジョエルが持ってきたのは六時過ぎだった。置いていくのかと思いきや、彼が動かないのでチェズニーは視線を上げた。ジョエルが穏やかに手を差し出した。休戦の申し出らしい。

笑みはないものの怒ってはいない顔だ。ジョエルが穏やかに手を差し出した。休戦の申し出らしい。

「月曜に個人秘書が出勤するかどうか心配で帰れない」それは静かな口調だった。チェズニーがもう少しで辞めるところだったのを察しているように。

利己的な人。自分の仕事しか気にしていない。「悪いのはお互いさまですわ」チェズニーはそう感じる一方で思った。彼がほかに何を気にするべきだというのかしら。わたし？ ばかばかしい。「でもそうおっしゃっていただいたので……」右手を差し出し、しっかりと握られたとたん彼女は打ち消しがたい興奮を感じた。なんてこと。激しい口論のせいで感覚がおかしくなってしまった。

「仕事はまだたくさん残ってるかい？」ジョエルが手を離してたずねた。

チェズニーはざっと見積もった。「七時ごろには終わります」

「僕もだ。よかったら軽い夕食に連れていくよ」

「せっかくですがボリュームのある昼食でしたので。でもありがとうございます」彼女は断った。

この日は感情の波が激しかったせいか、家路についたときチェズニーは涙ぐみそうになった。生まれてこのかた今日ほど腹が立ったことはない。だからジョエルの分別のおかげで仲直りできたのがうれしいのだろう。安堵《あんど》の涙にちがいない。

土曜日フィリップは、シンフォニー・コンサートに連れていってくれた。楽しい夜だったが、彼はフラットの表に車を停め、大事な話があると言った。

なんの話なのか、真剣な口調だ。好感を持っている彼に、今ここで聞かせてとは言えない。

「コーヒーを飲みながらお話ししましょうか？」

フラットに案内し、キッチンでコーヒーを用意しながらチェズニーは考えた。仕事の話はしない約束だったけれど、サイミントン・テクノロジー社の大成功のニュースでも話したいのだろうか。

背後の物音に振り返るとフィリップが入ってきた。キッチンはふたり入るには狭いわと茶化しかけたとき、彼がだしぬけに訴えた。「君のせいで僕は気がおかしくなりそうだ」

チェズニーは心底驚いて彼を見た。「好きなんだ。それなのに触れることも、そばに寄ることも許されない。君と結婚したいが……」

「やめて！」チェズニーはすっかり度を失った。

「またそうやって僕を締め出そうとする」

「フィリップ……」

「悪かった。いきなり言うつもりじゃなかった。この年なら気持ちを抑えるべきだと思うだろうね」

彼女は閉所恐怖症になりそうだった。キッチンは狭く、フィリップが出入り口をふさいでいる。「あちらで座りましょう」提案すると彼が柔順に道を空けたのでほっとした。でも居間に入ったときなんと言えばいいのか困った。「気づかなくてごめんなさい。まさかあなたをその気にさせたなんて……」

「そこなんだ。君は全然そんなことはしなかった。君を抱き締めたくてたまらないが、そうしようものなら二度とデートできないとわかっている」

もう会わないほうがよさそうだと考え始めたとき、心を読んだように彼は交際をやめないでほしいと訴えた。別れたほうがいいのはわかっていたが、張りつめた、つらそうな表情を見るとそうもできかねた。

「君と結婚したい気持ちは否定のしようがないが、また会うと約束してくれるなら、君がそれらしい様子を見せるまで二度と口にしないと約束するよ。会ってもさしさわりはないだろう。絶対に君を傷つけない。ほかに好きな人がいそうな様子もないし」

なぜジョエルが時たま見せる笑顔が心の目に映ったのだろう。「ええ、好きな人はいないわ」

「それごらん」彼がうれしそうにほほえんだ。「来週の土曜日、夕食につき合ってくれるね。そうしたらキッチンに立つ君の美しさにめろめろになる前にする つもりだった質問ができる」

あらあら、フィリップが近くにいるときキッチンに入るのは禁物だ。「もしかしてこれは……」

「プロポーズ？　そうだ。時期尚早だとわかってたんだ。気持ちに変わりはないがタイミングが悪い」フィリップはしばし見つめてから気を取り直した。「今日僕の辛抱強い個人秘書にもう限界だと言われてね。僕のために働いてくれる気はないかい？」

最初の驚きからも立ち直らないうちにまたびっくりするような話だ。「そんな……」

「給与も条件も君の思いのままだ」

「あなたは運を天にまかせているわ」微笑するしかない。「わたしが優秀かどうかも知らないのに」

「優秀でなかったら彼は一分も手元におかない。それに目をみはる働きぶりと聞いた」

気に入らない響きだ。なんといっても彼の会社は商売敵だ。サイミントン・テクノロジーはイエートマン・トレーディングの社内にスパイを入れているのだろうか。でも社員がたえず動くのは人生の避けがたい事実だ。わが社の元社員が同業他社に転職し、ジョエルの新しい個人秘書が期待どおりの勤務ぶりだと話しても、極秘事項をもらすことにはならない。

仕事の誘いは断ったものの、フィリップの思いがけないプロポーズを聞いた動揺は翌朝も残っていた。そんなとき母から電話があった。父の悪行を並べ立てるのが主な目的らしい。母にも非はある。父と母は何ごとにも意見が一致しないのだ。味方をしてはならないと長年の経験から知っている。電話が終わったときは疲れ果てていた。

結婚なんてまっぴら。最近何かと心を揺さぶられる。金曜のジョエルとの口論、昨夜のフィリップ、今度は母。もし姉の誰かから電話で愚痴を聞かされそうになったら、別の時にしてと頼もう。

月曜からかつてなく多忙な一週間が始まり、ジョエルともども骨惜しみなく働いた。すぐ昼休みになり、チェズニーはデスクでサンドイッチをつまんだ。

二時から役員総会なので、チェズニーは十五分前に彼のオフィスに入り、アーリーン・エンダビーを見てぎょっとした。和気あいあいとした雰囲気で、デスクのジョエルが何か言ったらしく彼女が玉をころがすような声で笑った。

アーリーンが廊下側のドアから会いに来ていたと知り、チェズニーはわけもなくむっとしたが、本心を隠して頼まれていた見積もり書を渡しデスクに戻った。わたしはどうしたのだろう。あのドアを使う取締役はほかにもいるのに。

ジョエルが四時に会議から戻りチェズニーを呼んだ。「少し書き留めてくれ」それから書き留めたリストの長さに、〝少し〟の語意を辞書で調べたくなった。それで終わりかと思いきや続きがあった。「僕たちは明日グラスゴーに行く」僕たち？　アーリーンも？

チェズニーは急におなかが痛くなった。「ホテル一泊と早朝便の予約を頼む」ふたりの部屋は絶対に別々にしてあげる。チェズニーが自分でもびっくりするほど強く決意していると彼が顔を上げた。「空港に行く道は知ってるね?」

わたし? 声をあげかけてクールな自分を思い出した。「もちろんです」チェズニーは嘘《うそ》をついた。このわたしが彼とスコットランドへ行く。初出張だ。

つかの間ジョエルはくつろいで皮肉っぽく言った。「劇場に行く約束を断る必要はないだろうね」

チェズニーは思わず口元をひきつらせた。自制したものの彼の視線が唇に注がれている。クールな態度を忘れそうになったのを気づかれたらしい。

その夜ベッドに寝たとき体はくたくただった。今夜はぐっすり眠れそうだ。働きづめの一日だった。万事きちんと処理できていますように。常用のホテルに連絡するときはバーバラの注意を念頭に置いた。ジョエルはホテルで個人秘書と階を別にするのは古くさいたわごとだという意見らしい。〝つまり真夜中ごろ頼みたい仕事や質問を思いついたとき近くにいてほしいのよ〟仕事をする気がないなら同行する意味がない。彼にはパソコン設備のあるスイートルームを、自分には同じ階の一室を予約した。

翌日休めたのは一時間半のフライトのときだけだった。でもそのときすらジョエルはこれから出席する会議についていろいろと話した。

グラスゴー空港に着くと、待っていた車でホテルに向かった。空港で到着荷物を待つあいだはさっぱりしたいと思っていたが、ホテルに荷物とチェズニーが間際に持ってくることにしたノートパソコンを置くなり最初の会議に向かった。

ジョエルは疲れを知らない。午後遅くなっても、チェズニーが苦戦している込み入った内容をすぐ理解している。彼のペースになんとかついていったが、六時十五分にその日最後の会議が終わり、ホテルに帰ると告げられたとき残念とは思わなかった。

これで終わるはずがないと思っていたが、ホテルでエレベーターを降りたときジョエルに誘われたのはうれしい驚きだった。「夕食前にバーで一杯どう？　七時ごろに？」

「いいですね」チェズニーは同意して別れた。ビジネスマンたちが多忙な一日の終わりにお酒を飲みたがる気持ちがよくわかる。

防しわ加工のカジュアルなパンツスーツを持ってきてよかった。通勤用の服を脱いでシャワーを浴び、カジュアルな服に着替えられるのがうれしい。

いつものように少しメークし、肩にかかる赤みを帯びた金髪をブラッシングして、七時過ぎにホテルのバーに下りた。一日働きづめでくたくただったのに今はなんだかわくわくする。妙な感じだ。

ジョエルはすでにバーでスコッチを飲んでいたが気づいて立ち上がり、彼女のすらりとしたパンツスーツ姿に視線を走らせて感じよく言った。「何を飲む？」

チェズニーはジントニックを頼んだ。たぶん彼は夕食後二、三時間仕事をしたいはずだ。〝疲労回復の一杯〟はこれで足りる。

仕事を離れたジョエルはいっしょにいて楽しい相手だった。気楽に話を続け、夕食に移っても気楽で楽しそうな態度は変わらなかった。

コースのメイン料理になりふたりが観《み》た演劇の話が一段落したとき、彼がじっと見つめてさりげなくきいた。「ポメロイとはまだ会っているのかい?」

チェズニーも見つめ返し、同じさりげない表情から質問の裏を読もうとした。「時たまですけど」落ち着いてこたえたものの胸が締めつけられ、人前で口論にならないことを願った。

青い目が緑の目を見すえた。「彼は元気かい?」

気にもしてないくせに。「彼とは仕事の話をしない約束なんです」これを聞きたいにちがいない。

「約束か」彼は小ばかにした目つきをした。「約束をするほど時たま?」

いいかげんにして。彼女はなんとか落ち着きを保った。たしかに時たましか会わない人とこんな約束をするのは変だ。「それほど信用できるということですわ」フィリップから会社に電話があった日の、彼の冷ややかな態度がよみがえり、腹が立ってきた。

「それは確かだよ」ジョエルが如才なくこたえた。その信頼に彼女の腹立ちはたちまち消えた。一瞬無防備で自然な笑みすら浮かべたのが間違いだった。彼の視線が口元に移り、満足そうに見つめている。でもフィリップの話には続きがあった。彼はふいに視線を上げ、まともにチェズニーの目を見すえた。「それで、あの男はどんな条件で誘ってきた？」

「条件？」いったいなんの話だろう。

「ヘッドハンティングしなかったとは言わせない」

「まあ、わたしはそんなに優秀ですか？」

「はぐらかす気か」

「わたしがなぜこの仕事を辞めたがる必要があるんですか？」チェズニーが言い返すと、すてきな下唇がたしかにぴくついた。すてきですって。まさか。

彼が笑いそうになったと感じたのは思い違いらしい。彼は前に劣らずぶしつけに言った。

「すると君は彼の申し出を断ったわけだ」ジョエルは急に油断のないまなざしになって椅子の背にもたれ、張りつめた口調でたずねた。「君が時たま会うあの男が申し出たのは仕事だけではないだろう？」

わたしは個人秘書だけどあなたのものではないのよ。チェズニーは強情に見返した。そんなこと話すわけがない。彼女はナイフとフォークを置き、用心深い笑みを浮かべた。

「おいしいお話でしたわ」

「すると君はその申し出も断ったのかい？」

チェズニーは彼を見つめた。わたしはどうしてこんなしつこい人に好感を持ったのだろう。鼻にパンチをお見舞いしたらすっとするだろう。「どうしてフィリップ・ポメロイの話になったのかわかりませんわ」この話になるまではとても楽しかった。少なくともわたしは。「わたしが急に辞めるのがご心配なら、後任が見つかるまでアイリーン・グレイたちで十分代わりが務まります。それからフィリップには会社を辞めるつもりはないと話しました」チェズニーは、びくともしない鋭い目をまともに見つめた。「辞めろと言われるなら別ですが。それに面接でもお話ししましたように、わたしは結婚には興味がありません」これでどう。募る苛立《いらだ》ちに駆られて演説をぶったが、後悔する言葉はひとつもない。

ジョエルの眉がつり上がった。「結婚か！　ポメロイは結婚を申し込んだのか？」今になってチェズニーは自分が何を口走ったのか悟った。

「そんなことどこから思いついたんですか？」彼女は本気で怒りだした。ダイニングルームは広く、各テーブルがほどよく離れているのでありがたい。

ジョエルが見通すようなまなざしをしてほほえんだ。「君を見たら申し出はいくつも浮かんでくるよ」チェズニーはびっくりした。まさか私的な関係になるつもりはないでしょうね。「もちろん僕のためではない。僕は仕事の関係で大いに満足だ」

そのときウエイターが現れてテーブルを片づけ、デザート・メニューを持ってきた。ジョエルは感じのいい上司に戻り、仕事以外の話をなんでも話した。

チェズニーは悔やんでいた。話すつもりはなかったのに警戒心がゆるみ、フィリップにプロポーズされたことをジョエルに話してしまった。

食事が終わりエレベーターを待ちながら、このままでは眠れないとチェズニーは悟った。隣で見下ろしている彼を振り向いたとき言葉がほとばしり出た。「フィリップの話をする気はありませんでした」ジョエルは笑いそうな顔をした。まじめな話だと教えなくては。「彼に申し訳ないことをしました」

「君はいい人だね」チェズニーは彼を見つめた。彼はお世辞が上手だ。今の言葉に意味があるのかしら。「感受性も鋭い。君の秘密は守ると約束するよ」

お世辞かどうかは知らないが、彼の言葉は信じられる。「ありがとう」チェズニーはそっと言った。

エレベーターにはふたりだけだ。彼が階のボタンを押して振り向いた。「結婚の何に反対なんだい?」

「離婚統計のほかに? どこから始めましょうか」

「結婚の経験はないだろう?」

「とんでもない!」思いのほか激しい声になった。「ほかの人たちの結婚生活を見て、わたしには必要ないと思ったんです」

「君の家族の?」

わたしは彼の両親の離婚を知っているから公平な質問だ。「姉が三人いますが、不安定な結婚から離婚までいろいろです。離婚した姉は再婚しましたけれど」チェズニーはふいに口をつぐんだ。「こんな話をすべきではありませんでした」

「そんなことはない。僕が質問したんだよ。再婚はうまくいきそう？」これ以上話したくない。姉夫婦がどうなろうとふたりの問題だ。エレベーターのドアが開いても質問は続いた。「ご両親の結婚は？　まだ無事？」

「何年も前から危機に瀕《ひん》しています」つい返事をしてしまい、チェズニーは話題を仕事に向けようと思いつきで言った。「夜ご用がありましたら、わたしのルームナンバーはご存じですね」彼がいきなり足を止めて見なかったら深く考えなかっただろう。つられて立ち止まり、真っ赤になった。「仕事の話です！　仕事のご用の」全身がかっと熱くなった。

「赤くなってるよ。驚いたな。僕の冷静な個人秘書が」

「おやすみなさい！」チェズニーはだしぬけに言い、毅然《きぜん》と部屋に向かった。いやな人だわ。頭にくる。

部屋に戻ると懸命に気を落ち着けようとした。わたしは悪くない。残業してほしいかもしれないと思い、彼が何も言わないので進んで申し出なくてはと考えても無理はない。いつでもどうぞと……。

彼の前だとどうしてこうなるのだろう。その理由も彼のことも、自分のことすらわからない。家族の話、フィリップの話、神聖な秘密さえ話してしまった。今夜までならジョエルに私生活の話などしないと言えたのに。

今まで打ち明け話なんてしたことがない。今夜の話は広がらないと信じているけれど、彼が秘密を守れるのに、なぜわたしにはできなかったのかしら。

その理由はわからない。でも、ジョエルはわたしを苛立たせ、怒りでおかしくさせ、顔を赤らめさせ、慎重に築いたガードの下にやすやすと入り込んだ。わたしの平静心をこんなに苦もなく打ち砕く男性に出会ったのは初めて――それだけは確かだ。

4

翌日は午前中ジョエルが別の会議に出かけたので、チェズニーは前日のノートを整理した。彼がホテルに戻ったときはまだ終わっていなかったが、ふたりで急いで食事をすませ、飛行機でロンドンに戻った。

オフィスは相変わらずの忙しさだった。チェズニーはやりかけの仕事をようやく仕上げ、前日分の伝言を処理した。懸命に働いたが、ジョエルがこなした仕事量には感心するばかりだ。彼はたまっていた仕事を処理するや社内会議に行った。戻ると翌朝九時の会議の手配を命じ、デスクで電話を数本かけた。

六時半にジョエルは支持してくれる取締役のヴァーノン・ギレスピー、ラッセル・イェートマンと三人で会議に出かけた。

会議は何時間も続くのでチェズニーは七時で仕事を終わった。会議で軽食でも出ればいいけれど。ジョエルはほとんど食事をしていない……。いいかげんにしよう。彼は一人前の大人だ。自分の面倒は自分で見られるし食べ物くらい見つけられる。

彼の一日の働きぶりを見たら誰でも心配になる。それだけのことだと帰宅するときは確信していた。

でも家でビジネススーツを脱いでも心配は消えなかった。気分を一新しなくてはといつもは最後にするシャワーを浴び、ジーンズとTシャツを着ても彼のことが気になった。疲れて料理をする気がしないのでチーズトーストを焼いても心配は消えない。なぜかジョエルを頭から追い出せなかった。

十時には寝ようかと思ったが、くたくたで十二時間ぶっ通しで眠りたいくらいなのに落ち着かない。そこでチェズニーは部屋を片づけることにした。

日ごろからきれいにしているので片づけはすぐに終わった。寝ようかとまた考えていると驚いたことに電話が鳴った。二度目の呼び出し音で電話に出た。

「よかった、まだ起きてたね」ジョエルの声を聞いて思いがけず胸がときめいた。こんなに夜遅くどうしたのかしら。いぶかりながらも笑みがこぼれたが、それもつかの間、彼がいきなり無愛想に言った。「ひとりかい？」

彼女は落ち着こうと息を吸い、ふたり分愛想よく言った。「こんばんは。会議はいかがでした？」

「偶然だな」急に機嫌がよくなった。「今出てきたところだ。明日の会議の書類を作りたいんだが」

「九時の会議ですね？」チェズニーは用心深くたずねた。夜のこんな時刻にビジネススーツに着替え、会社に車を走らせるのかと思うと胸は躍らない。夜明け前に起きて五時ごろ出勤するほうがいい。

「よく覚えていたね」

「お世辞はけっこうです。三、四十分で会社に行けますが、できたら――」

「こんな夜遅く、居心地のいいフラットから出てきてほしいとは夢にも思わないよ」

「違うんですか？」すぐには信じられなかった。

「今君のフラットの外にいる」彼があっさり言った。すぐ外ですって。携帯電話だと思い当たったとき彼が続けた。「君の家にはパソコンがあったね」

お化粧を何もしていない。チェズニーはジーンズを見下ろした。清潔だけど彼には最高の姿しか見せたくない。ばかばかしい。チェズニーは自嘲《じちょう》して最高の秘書の声で言った。

「ブザーを鳴らしてください。お入れします」

電話が切れた。チェズニーが髪を梳《と》かして身なりを確かめたときブザーが鳴った。建物の玄関の解錠ボタンを押し、フラットのドアを開けた。

「どうぞ」ジョエルが玄関ホールに入ってきた。

チェズニーはドアを閉めて書斎に案内しようとして、彼のまなざしに思わず足を止めた。

「きれいだ」唇からふともれたような言い方だった。「自分でもわかっているね」

ふいに喉の渇きを覚えた。お化粧もしていないのにきれいだなんて。チェズニーはなんとか軽やかに応じた。「反対しようとは夢にも思いませんわ」彼の視線が顔から均整の取れた姿態へと流れた。カジュアルな格好を見られるのは初めてだ。「お食事はなさいました？」彼女はあわてててたずねた。たずねる気はなかったのに。

「もちろん、昼に」

お昼に食べたきりだとは。「チーズトーストはいかが？」十五分くらい遅くなっても違いはない。

「うれしいね」彼が賛成したので、チェズニーは居間に案内した。

今日はふたりとも朝が早かったが、わたしはときどき休む暇があった。でも彼の一日はまだ終わらない。チェズニーは彼をソファに座らせてキッチンに行った。五分でもくつろいでくれたらと思ったが、彼は早くもブリーフケースの中を調べていた。

ジョエルはチーズトーストを平らげ、コーヒーをお代わりしながら、これからする仕事の説明をした。パソコンの電源を入れたときは十一時だった。チェズニーが働いているあいだ、ジョエルは疑問にこたえるべくそばで自分の仕事を片づけた。時間はどんどん過ぎていった。

「以上です」二時三分過ぎチェズニーはパソコンの電源を消し、立ち上がって完成した書類を揃えた。さすがに疲れた。お給料もりっぱだが、ジョエルも献身的に働きたくなる、りっぱな上司だ。さぞかし疲れ切っているだろう。

彼が書類をブリーフケースにしまった。居間に戻るとき彼も疲れたことを認め、つと足を止めた。おやすみを言うのだろうと思ったとき、彼がたずねた。「男性の泊まり客を家主はどう思うかな？」

彼女は急に胸がどきどきし始めた。もう夜遅く疲れているので落ち着きを装う気力は残っていない。まさかベッドをともにするつもりでは？　全身が激しく脈打っているのを感じた。

「引っ越して間もないのでわかりませんが――」チェズニーはソファを目で示した。「そこでよろしかったらどうぞ」

彼は疲れ切っている。二十四時間ほとんど働きづめだったはずだ。彼は笑いそうな口元をしたが、申し出を受け入れた。「家までは車で何時間もかかる。君さえよければ一時間ほど目を休めて帰りたい」

チェズニーは毛布一枚と枕《まくら》をふたつ、自分のベッドより多く用意した。「おやすみなさい」〝男性の泊まり客〟に不慣れなのでそそくさと寝室に行く。

体はくたくたなのに眠れなかった。いまだに落ち着かない。なぜか気持ちがたかぶっているることを認めるしかない。居間は物音ひとつしない。たぶんジョエルはたちまち寝入ったのだろう。

チェズニーもいつしか寝入ったらしく、目を開けたときは六時だった。しかも寝室にジョエルがいる。

ジョエル！「何か？」彼女はなんとかそれだけ言って顔にかかる髪を払い、身を起こした。

「ノックをしたんだが、君はぐっすり眠っていた」

「ええ」頭はまだ眠っている。彼が寝たのはせいぜい三時間だと考えた瞬間、腕がむき出しなのに気づいてはっとした。ナイトドレスの細い肩ひもがすべり落ちて肩があらわになり、ただでさえ深いネックラインがなおさら深くなっている。丸見えだ。

「今日はほとんどオフィスにいない。それだけ言っておこうと思ってね」彼の視線は白い高級レースから透ける胸の頂に注がれた。チェズニーはあわてて上掛けを顎まで引っ張り上げた。彼はおもしろがっている。ひっぱたいてやりたい。「それに合わせてスケジュール調整を頼む」

彼なんかたくさん。チェズニーはとげとげしくこたえた。「言うまでもありません。さようなら！」

彼はほんの少し長めに見つめてから感じよく言った。「君がどの男性客にもこうなら、誰も泊まらないのも無理はない」

後ろ姿に何か投げつけてやりたかった。わたしのどこがいけないのかしら。心穏やかではいられなかった。

次にジョエルと会ったのはいつものように職場だった。彼がソファの寝心地には何も触れなかったのでうれしかった。

土曜日には心は落ち着き、フィリップと夕食を楽しんだ。彼は自分の気持ちは口にせず、別れ際に頬にキスして非の打ちどころのない態度だった。

日曜はケンブリッジの両親に会いに出かけた。両親のことは心から愛しているけれど、夫婦げんかにすぐ我慢できなくなり、暇を告げられる時間になったときは大いにほっとした。

その夜、祖父に電話した。「お父さんから聞いたんだけど、いい家が見つかったそうね」

祖父への愛情で声が弾んだ。

「二階建てで、各階に二部屋ずつとバスルームが上にあるだけだが、わたしには十分だよ」

「車を返しましょうか？」

「急がんよ。購入手続きにしばらくかかるし、残りの家具を倉庫から出さんとな。調子はどうだい？」

電話を離れるときは機嫌は直っていた。収入も上がったことだし、機会がありしだい車を探そう。あまり値段が高くない小型車がいい。

それから二週間は毎晩残業が続いた。車を探す暇があるだろうか。会長の引退は数カ月先なのに、会長職を巡る前哨戦《ぜんしょう》が激しくなってきた。

チェズニーは取締役には全員会った。アーリーンは隣のオフィスに入り浸りだ。イェートマン一族か、姻戚《いんせき》関係のため取締役になった人たちは数人いるが、ジョエルのように自力で出世した人もいる。

ファーガス・イングルズもそのひとりだ。彼は会長に立候補せず、誰を支持するか明らかにしていない。最近ファーガスはアーリーンを見習い、よくついでに立ち寄る。彼女の訪ねる先はジョエルだが、ファーガスはチェズニーのデスクに直行する。

金曜日、ついでに立ち寄った彼から翌晩の演劇に誘われた。断ったので彼が帰りかけたとき、ジョエルが仕事の用があって隣のオフィスから出てきた。

男性ふたりは会釈を交わしたが、ファーガスがドアを閉めるなりジョエルがたずねた。

「ファーガスがなんの用だ?」歓迎している口調ではない。

「明日誰かいっしょに劇場に行かないかと」

「誰か? 誰でもいいのか?」

わたしを誘いに来たと知っているくせに、相変わらずジョエルはあくまではっきりさせなくては気がすまないようだ。「わたしを」

「君には交際している暇はない」彼が険のある口調で言った。ばかげた言葉にチェズニーは思わず笑った。彼には笑いごとでないようで、また険のある声で浴びせた。「行かないだろうな」

まったく。彼のために奴隷なみに働いたのに。勤務が終わったら自由でしょう。「さあ、どちらになるかわかりません」何の因果か殺気だった目でにらまれ、その夜は遅くまで働かされた。

仕事は大好きだから残業は平気だ。やっと仕事が終わるとチェズニーは愛想よく言った。「おやすみなさい」顔を上げたジョエルが新種でも見るような目つきをした。彼女はほほえんだ。「よい週末を」

でも家に向かいながら不愉快になってきた。わたしが仕事以外で取締役に会うのが彼には不満らしい。まさかわたしから会長選挙の作戦を探り出すのがファーガスの狙《ねら》いだとは考えていないでしょうね。まさかわたしが口をすべらすとでも？　ひどく腹が立ってきた。わたしは信頼されていないのかしら。

翌晩チェズニーはまたフィリップ・ポメロイと夕食をした。そのときジョエルが個人秘書に用心深くなる理由がわかるような話を聞いた。なごやかにおしゃべりしながら食事をしているとき、フィリップがふいに見つめて言ったのだ。「仕事の話はしない約束だが、最近耳寄りな話を聞いた。君に話したら僕の株が少し上がるにちがいない」

チェズニーは用心深くたずねた。「そう？」

「君は何も話さなくていい。ただ君が興味を持ちそうな話なんだ。昨日面接でデボラ・サイクスという女性に会った」

彼女なら知っている。イェートマン・トレーディング社の上級個人秘書だったが、二週間前重大な理由が見つかり解雇されたばかりだ。

「そうなの？」チェズニーはあいまいにこたえた。彼とこの話をしていいのかどうかわからないが、さしあたり聞いてみよう。フィリップは信頼できるけれど、何か要求されたら話をやめればいい。

「承知のように、デボラ・サイクスはラッセル・イェートマンの個人秘書だったが合意のうえで退職した」チェズニーが聞いた話では合意はなかった。返事はないとみてフィリップは先を続けた。「君はたぶん気づいていないだろうが、彼女のボスはジョエル・デヴェンポートを支持するふりをしながら、潮時を見て会長に立候補する計画らしい」

チェズニーは愕然《がくぜん》となった。思い違いよと言いたかった。ラッセルは会長選出のとき確実にジョエルを支持するはずの人だ。でもフィリップが嘘《うそ》をつくはずがないし、ラッセルの個人秘書だったデボラ・サイクスは誰よりも事情を知る立場にあった。

「教えてくれるなんてデボラは親切ね」チェズニーはさらりと言った。

「イェートマン・トレーディングの次期会長の有力候補がわかれば、サイミントン・テクノロジーに役立つと考えたんだろう。ありがたいとは思うよ」

「それじゃ彼女を採用するの？」ラッセルはイェートマン一族だから会長になるかもしれないという含みに、チェズニーは頭がくらくらした。よくもジョエルの支持者を装ってくれたものだ。

「時間の無駄だったよ」

「不採用？」

「口を閉じていられない個人秘書を僕がほしがるわけがないだろう」

その夜チェズニーはいつものように友人らしく別れたが、ひとりになれたときはほっとした。彼から聞いた話でまだ頭がくらくらしている。彼の言うとおりなら、ジョエルの支持は多くて二票、残りはラッセルを入れると六票なので不利だ。現会長の票は入れるまでもない。イェートマン一族が身内を望むならラッセルの勝利は決まったようなものだ。

日曜はずっと頭が混乱していた。ジョエルに電話して教えるべきだろうか。でも今週彼はあんなに忙しかったのだから一日休む権利がある。彼は知りたいかしら。もちろん。でももう知っているかもしれない。どのみち彼に何ができるだろう。

結局ジョエルに連絡しないことにしたが、月曜の朝は早く出勤した。例によってジョエルが先に来ていた。チェズニーはまっすぐ会いに行った。

ジョエルは顔を上げ、深刻な表情に気づいた。「おやおや不吉だな。もし君が辞表を出すために早く出勤したのなら、あいにく月曜は辞表を受け取らないことにしている」

彼は微笑したがチェズニーは微笑を返さなかった。何か、それとも誰かのおかげで彼が上機嫌なのは一目瞭然《りょうぜん》だ。週末何をしていたのか考えたくもない。

話すしかなかった。「噂《うわさ》では会長選挙で強敵がいるそうです」チェズニーは淡々と言った。彼の顔から機嫌のよい表情が消えた。ジョエルがどんなに固い決意で会長職を望んでいるかが思い出された。

「まさか、どこでそんな噂を聞いた?」

「噂の出所は重要ですか?」

「当たり前だ」彼は金曜の午後の訪問者を忘れていなかった。「ファーガスか? さては土曜に彼と劇場に行ったとき聞いたんだな」

「違います。それに強敵は彼ではありません。それは――ラッセル・イェートマンです」

「ラッセルが……」ジョエルは信じられない様子で見つめた。「ラッセルが僕を裏切り、会長に立候補すると本気で言ってるのか?」

「そう聞きました」

「誰から?」彼が荒々しく問いつめた。「ファーガスでなかったら誰から聞いた?」

情報源の確かさを判断するには知る必要がある。「土曜日にフィリップ・ポメロイと夕食を――」

「ポメロイか! 君はまだあの商売敵と時たま会っているのか?」月曜の朝から最悪だ。

でも彼にいやみを言わせておくつもりはない。もうこれまでだ。「僕の仕事の話はしない約束はどうなったんだ？」

「あなたの仕事の話はしていません！」

「そのささやかな情報を聞くために、君も何か話したはずだ」声を荒らげて非難され、チェズニーのいつもの自制心は飛んでいった。

前にも一度辞めたいと思った。もう少しでまた出ていきそうになったが、今度は一歩も動かなかった。「わたしを完全には信頼してくださらないんですね」返事をする暇も与えず憤然と浴びせた。「先週の金曜日、ほかの取締役とのデートに反対なさったとき、それがよくわかりました――」チェズニーはふいに口をつぐんだ。彼がじっと見つめている。見間違いでないなら賞賛のまなざしのようだ。チェズニーはけんか腰でたずねた。「なんですか？」

「君は知っているかい？　北極の永久凍土層の向こうから世間を見るのを忘れたとき、君の瞳はエメラルドのように輝いている」

彼に怒ったままでいたかったが無理だった。「お上手ですね」チェズニーはつぶやいた。これだから彼が通ったあと後ろ姿を個人秘書の女性たちがうっとりと見つめているのかしら。わたしは違うけれど。

「僕は君を心から信頼しているよ。そうでなかったら個人秘書にはしていない」まじめな表情だ。「金曜日に僕が言ったことで気を悪くしたのなら謝る。今のこともだ。正直言って君の話はショックだった」彼はなおもまじめに続けた。「君の情報を確認したら思いきった策を講じる必要がある。そこに座って知っていることをすべて話してほしい」

週が過ぎるにつれて気づいたが、ジョエルはなるべくホームベースを守るようにしていた。チェズニーは彼がオフィスで働いているほうが好きだ。裏切る潮時を狙っているラッセルが立ち寄ったとき、今までと変わらない、ものやわらかな態度で接するジョエルには敬服するばかりだった。

比べてアーリーン・エンダビーの態度はいただけなかった。取締役かもしれないが、働きもしないのに彼のオフィスに毎日のように現れる。マグナスが言ったように彼女がいまだにジョエルを追いかけているのは一目瞭然だ。

でもジョエルはそれを快く思っていないことが金曜日にはっきりした。彼が会議に行こうとしたときアーリーンから電話があった。少しの余裕はあるのに彼は電話に出られないと言ってオフィスを出た。

「あいにく会議中ですが、何かお伝えしましょうか？」チェズニーは気をきかせて言った。会長選挙でアーリーンの票を得たいなら、狼狽《ろうばい》させるのは得策ではない。ジョエルも気づいているはずだ。

「何時に戻るのかしら？」少しむっとした声だ。

「会議からまっすぐお戻りにならないかもしれませんが、デスクに伝言を残しておきましょうか」

「明日のパーティにエスコートしてほしかったのに。家に電話してもどうせ留守番電話ね」

一時間後彼が戻ったとき、アーリーンのほかにも伝言が七件たまっていた。チェズニーは最後に言った。「それからアーリーン・エンダビーが明日パーティにエスコートしてほしいそうです」

彼は平然としていた。「明日の君の予定は?」

「お仕事ですか?」

ジョエルはユーモアをたたえたまなざしで見つめた。「君は僕にはもったいないよ」

「仰せのとおり」ふたりとも笑いだした。チェズニーはこの雰囲気が気に入った。

「明日は君は休んでいい」やがて彼は言ったが、最初の質問を忘れてはいなかったらしくたずね直した。「明日はパーティに行く予定?」

「祖父を訪ねます」

「家はどこ?」

「ヘレフォードシャーです。コテージを購入中なんです」チェズニーは進んで話し、世間向けに苦労して見せていたクールなイメージを完全に忘れていたことに気づいた。「お手紙にすべてサインをいただいたら投函《とうかん》しておきます」チェズニーはそう言って背を向け、デスクに戻った。

ジョエルの笑顔を見るのは楽しい。多忙な一日の合間にくつろぐ彼を見るのは楽しかった。ときどき出会う険のあるいやな上司より、そんな彼のほうが断然好きだ。親しくなりたい。それでいて親しい雰囲気になるとなぜか妙に心もとない感じがして、それが気に入らなかった。

チェズニーは土曜は祖父の家に泊まった。買った家を見学したとき、感想をたずねられた。「すてきなコテージね。景色もきれいなところだし」

「わたしには十分大きな家だ」祖父は微笑した。「あまり家事が多いのも願い下げだ。二軒ばかり先のミセス・ウィーヴァーが、電話をすればやってきて見てまわってくれるそうだがね」

祖父がもうすぐわが家に落ち着きそうなのでうれしかった。日曜、チェズニーは安心してロンドンに戻った。祖父はなんとかひとりでやっていける。本人がそれを望んでいる。祖母が他界してから祖父は不眠症に近い状態だった。父母と同居していたとき、祖父が夜中に起きて温かい飲み物を作ると母に口やかましく文句を言われた。祖父は早々とひとり暮らしをあきらめるつもりはないのだ。

火曜には週末のヘレフォードシャー訪問のことはもう頭になかった。アーリーンは前日ジョエルのオフィスに長居して嫌われた。チェズニーは入ったとたん彼が大切な仕事に戻りたがっているのに気づいた。懸命に追い払おうとしてもアーリーンはどこ吹く風だった。

そして火曜もアーリーンはオフィスにやってきた。昼食から戻ったチェズニーは、知らずにオフィスに入った。アーリーンとジョエルは妙に緊張した雰囲気で互いに目をそらしていたが、ふたりしてぱっとこちらを振り向いて見つめた。

いやな予感がした。用事はあとにして部屋を出たほうがいい。チェズニーがそう思ったとき、アーリーンが言った。「あなたなのね！」

チェズニーがめんくらって見ると、ジョエルが落ち着いて見返した。もう少し事情がわかるまで冷静でいよう。いったい何ごとかしら。

「ジョエルが婚約したんですって。でも相手の名前を教えてくれないのよ」彼が婚約すると聞いてチェズニーは打ちのめされた。アーリーンはどうやらショックを押し隠して気を取り直したらしい。「考えられる名前は全部挙げたのにみんな違うんですって。そこにあなたが入ってきたのよ」アーリーンは彼を振り向いた。「チェズニーでしょう？」

頭の中が真っ白になっていたチェズニーは、ふいに衝撃から立ち直った。頭がフル回転し始めた。もちろん婚約は方便だ。婚約なんて言ったら彼は一目散に逃げ出すはずだ。アーリーンからまたパーティに招待されてほとほと困り、もう追いかけないように結婚すると話したのだろう。そして物怖《ものお》じしないアーリーンは相手の女性を知りたがった。

チェズニーは微笑をもらした。これまでジョエルがむずかしい状況を巧みに扱うさまを数々見てきた。アーリーンの勘違いを打ち消して厄介払いするには、手腕をつくさねばならないだろう。

チェズニーは目を上げて彼を見た。口元に注がれていた視線が上がり、まっすぐ緑の瞳を見つめた。そして彼もほほえんだ。名案を思いついたらしい。

ジョエルが視線をアーリーンに移した。「まだ話すつもりはなかったんだが……」彼はチェズニーを振り向き、なおもほほえみながら言い添えた。「そうだったね、ダーリン？」

チェズニーの顔から笑みが消えた。聞き間違いだ。彼がそんなことを言うはずがない。信じられない。アーリーンは胸の内をみごとに隠して彼に近寄り、お祝いのキスをした。

「個人秘書たちはみなあなたを目標にするでしょうね」アーリーンがチェズニーに明るく言った。チェズニーは必死で気持ちを隠し、〝婚約者〟とふたりで話すまではと、何年もの修練の賜物《たまもの》で穏やかな態度を保った。そのときドアが開いた。案内も受けずにジョエルの父親が入ってきたのだ。最悪だ。

「マグナス！」アーリーンが行方不明だった友人さながらに迎えた。「ふたりのことはご存じでしょう？」さえずるように言って彼を抱擁した。

「何ごとだね？」抱擁のあとでマグナスがたずねた。

「ジョエルとチェズニーの婚約よ。知らないなんて言わせないわ」

「それは何よりだ」マグナスが顔を輝かせ、立ちすくんでいるチェズニーに近づきキスした。「最高の嫁だよ」彼女が花嫁になる恐怖心をなんとか隠しているうちに息子に近寄り、心のこもった握手をした。

「シャンパンが必要だわ」アーリーンが宣言した。

たいへんだ。チェズニーはジョエルを見た。彼は今にも血管を破裂させそうな顔に気づいたらしく、ほほえみを浮かべながらもはっきり言った。「チェズニーと僕に必要なのは仕事を進めることだ」

「アーリーン、わたしたちふたりだけでシャンパンを飲むしかなさそうだ」マグナスが息子の意を汲《く》む。

いつまでも帰りそうもない様子だったが、マグナスがチェズニーにもう一度キスをして、ようやくふたり連れだって出ていった。外側のドアが閉まるなり、チェズニーはジョエルを振り向いた。

「いったいどういうおつもりですか？」

「君の責任だ」彼はにこりともしないで言い返した。

「どうして？　わたしは昼食から戻ってきただけで、ひとことも――」

「君があんな目で見るからだ。悦に入った笑みを浮かべたりして」彼がずけずけと言った。

「僕を操縦しようする女性にうんざりしているところに君まで。僕がどうするかは察しがつくだろう」

お手並み拝見と待っていたとき、わたしはたしかに少し悦に入っていた。でも腹立ちはおさまらない。「アーリーンの票がほしいのはわかりますが――」

「参考までに言うが、彼女は実際家だ。一族とは関係なくいちばん自分の利益になる人間に投票する」

「操縦したり悦に入ったりする女性にうんざりしようがしまいが、あんなことを言う権利はないはずです」アーリーンがどの程度ゴシップ好きかはいざしらず、彼の父親は相手かまわずなんでも話してしまう。「一分もしたらこの話はビル中に広がります」

彼は肩をすくめた。「それなら否定するまでだ」

「それではすみません！」チェズニーはかっとなった。彼は肩をすくめて無視すれば話は立ち消えになると考えている。少しもわかっていない。彼女は譲らず言いつのった。「わたしたちはふたりで出張に行きました」彼が少しぎくりとした顔をしたので、真剣にさせるようなことはないかと探した。たいしたことは浮かばないので言った。「わたしのフラットにお泊まりになったこともあります」

それで十分だったと、顔に浮かんだ表情でわかった。ジョエルはぎょっとした様子で悪態をついた。「まさかほんとうに結婚すべきだと言うんじゃないだろうね？」

ひどい……。たった今自分の気持ちを悟った衝撃で心が揺れた。チェズニーは隠さなくてはと思うより早く言い返していた。「まあ、幸運ですこと！」彼に背を向け、毅然《きぜん》とした態度でオフィスをあとにし、デスクの引き出しを開けた。

バッグを取って引き出しを閉めたとき、ジョエルの声がした。いつの間に戸口に来ていたのか、こちらを見ている。「バッグを持ってどこへ行く？」

彼女は今にもわっと泣きだしそうだった。こんな気持ちにさせる男性は彼しかいない。

「家です！」それ以上言えば本心が表れてしまいそうで怖かった。

今まで辞めかけたことが二度あった。今度は急いで自分のオフィスを出た。二度と戻るつもりはない。どうして戻れるだろう。彼を愛していると悟ったわたしが。それは彼にとってりっぱな解雇の理由になるはず……。

5

夜寝たときも動揺はおさまっていなかった。どうして愛してしまったのだろう。愛が胸の中で急にふくれ上がった。なぜ兆候に気づかなかったのかしら。気づいていたら避ける手だてを講じられたのに。

もちろん彼のことは好きだ。仕事熱心な彼を尊敬もしている。でも、愛してる？　彼女は頭を振った。愛なんてはかなく消える。でも消えなかった。胸の内のジョエルへの愛はどうしようもなかった。

ベッドに横になったままチェズニーは大切な職を辞める羽目になった場面を何度も思い起こした。彼への怒りをかき立てようとした。アーリーンに婚約者がわたしだと思わせるなんて。

アーリーンについては、投票の際には自分の利益を優先する実際家と彼は読んでいる。婚約したと嘘《うそ》までついて追い払うくらいだからほとほと口実がつきたのだろう。わたしが間の悪いときに現れ、悦に入った顔をしたのが我慢の限界だったのだ。

だけど婚約はあんまりだ。ジョエルはいずれ婚約の噂《うわさ》を否定したはずと今ではわかるが、それでもひどい。いったん広まった噂は簡単にはもみ消せない。それに婚約は、災いの源となる結婚の約束だ。いくら彼を愛していても結婚にはかかわりたくない。

翌朝いつもの時刻に起きたとき怒りはおさまっていた。もう二度とジョエルと働くことはないと思うと怒りはしぼんだ。会社を去ったせいで彼に会う機会を失ったことがつらかった。

その水曜はひどくみじめな一日で、時間はいつ果てるともなかった。職探しに行くべきだと理性が告げた。フィリップの個人秘書の口は空いているはずだが、彼のために働きたくないし理性に耳を傾けたいとも思わない。姉の誰かに電話して昼食をしたり、車を見に行ったりするのは簡単だがその気になれない。ただひとり心の傷を癒《いや》していたかった。

夜八時過ぎ、建物の表のブザーが鳴った。誰にも会いたくなくてチェズニーは無視した。

またブザーが鳴った。ネリッサなら先に電話をくれる。でも夫の最新の過ちで頭にきていたら電話を忘れるかもしれない。無駄足にさせたくないので玄関ホールでインターホンにこたえた。「はい？」

「まだすねてるのかい？」男らしい声がした。

ジョエル！　胸に喜びがわき上がり、思わずボタンを押して彼を入れてから気づいた。

彼が来る。この髪！　今日はほとんどお化粧をしなかった。チェズニーはバスルームに走った。きちんとして見えるかしら。赤みを帯びた金髪を梳《と》かし、シルクシャツの裾《すそ》をパンツのウエストに入れ直したとき呼び鈴が鳴った。ジョエルだ。用件はなんだろう？　会う心構えができていない。いえ、できている。彼に会えない一日は耐えられなかった。

彼女は玄関に急いだ。落ち着いてと胸に言いきかせてドアを開ける。愛する彼がいた。ハンサムで長身の彼が立っている。心がとろけそうになった。

チェズニーは何も言えず背を向け居間に案内した。自制できそうだと感じて振り返ったものの、話せるかどうか自信がない。冷静に見えますようにと願いながら目で問いかけた。ジョエルも無言で見返した。均整の取れた曲線美に視線を走らせ、髪の輝きに目を留め、前にきれいだと言った顔を見つめた。

数秒が流れた。チェズニーは視線が口元に動いたのに気づき、唾《つば》をのみたくなったが、みっともなくてできなかった。ついに視線と沈黙に耐えられなくなり口を開いた。「突然どうなさったんですか？」

ジョエルがほほえんだ。沈黙を貫いてわたしに先に話させるなんて憎らしい。「じかに訪ねたほうがいいと思ってね。僕たちはウィンズロウとフローラのイェートマン夫妻からディナーに招待された」

会長夫妻に？　〝僕たち〟ですって。「わたしが退職したことをお話しにならなかったんですか？」

彼がまた微笑した。この魅惑的な笑みは信用できない。気のない返事を聞いてやはりと思った。「そういうことで招待されたわけじゃない」

それならどういうことで？　チェズニーは驚いて目を見開いた。〝僕たち〟の意味がわかってきた。「まさか……」あえぐような声がもれた。信じられないけれどきっとそうだ。きいて確かめるしかない。彼女は気持ちを抑えてたずねた。「訂正なさらなかったのね？　わたしたちの――婚約を」

「僕はそんなに育ちが悪くないよ」ジョエルがいともなめらかにこたえた。目にいたずらっぽい光がある。からかっているのだ。うかつだった――もちろん、わたしがいないと不自由だから退職を認められないというなら話は別だけれど。

「どういう意味ですか？」彼女は憤然となった。

「どういう意味かな」ジョエルがよどみなく応じた。青いまなざしが緑の瞳に閃《ひらめ》く怒りの火花を見てとった。「恋人を捨てたとみんなに知らせるのは女性の役目と決まっている」

「捨てた……」

「僕が言ったら最低の男に成り下がる」

チェズニーはやや落ち着きを取り戻したものの、彼の深い考えに感謝する気にはなれなかった。「そもそもあなたが男女関係で失敗したとき、わたしがかばわなかったら――」

「男女関係というのは違うし、君にかばってもらったわけでもない。お手並み拝見と君はただ悦に入った顔で見ていただけだ」ジョエルは肩をすくめた。「だから僕の手腕を披露し――僕たちは婚約した」

「婚約なんか、今もこれからもするものですか！」

「そんなことを言っている場合じゃない」ジョエルが魅力たっぷりに応じた。

「というのは……」とうてい続けられない。

ジョエルは平気らしい。「君が言ったとおり、僕たちの噂はあっという間に広がった」

チェズニーは息をのみ、いつもの落ち着きを少しでも取り戻そうと懸命になった。そのとき彼が平然とたずねた。「それで、いっしょに行くかい？」

「どこに？」チェズニーは茫然《ぼうぜん》としたまままたずねた。

「ウィンズロウとフローラのディナーだよ」あまりの気楽さに、チェズニーの元気がよみがえった。

「行くものですか」

「行ったらどう？」

まるで筋が通らないのはわたしのような、当然といった言い方だ。ひっぱたいてやりたくなった。

「そしてこの婚約の作り話を続けるんですか？　そうしたい理由は？」

「そうしたいわけじゃない」思ったとおりの返事だ。「ただイェートマン夫妻は幸せな結婚生活を送っている。フローラは自分が中心になって話を進めたいんだ。僕がとうとう罠《わな》にかかったと大喜びでね」

「罠にかかったですって」侮辱もいいところだ。彼の話には口で言う以上のことがありそうだ。仕事関連だろうが今は頭に血が上って考えられない。でも彼を罠にはめたようなあの言い草。プライドが燃え上がった。何さまのつもりかしら。罠にかかったわたしはどうなるの。プロポーズには不自由しないので男性を罠にかける必要はないと教えてやらねば。

「わたしの現在の交際はどうなるんですか？」

「すると――決まった人がいるとでも？」ジョエルがいつまでもふざける気なら、いずれひっぱたくしかない。男性のいた証拠を探すように彼は居間を見まわしている。言うまでもなくその気配はまったくない。視線が戻ってきた。「きっと君には交際する暇はなくなる」

「交際する暇はなくなる？」話についていけない。

ジョエルは頭を振った。「君が僕のために働いているあいだはだ。事態が激化してきた」

事態が激化？　会長選挙の話だ。彼女はねめつけた。精いっぱい力になるつもりでいたのに。「わたしはもうあなたのために働いていません！」

彼がやさしくささやいた。「そう言わないで。今日一日家にいて、死ぬほど退屈していたんだろう」

図星だ。だらだらとした一日だった。チェズニーはふと思った。仕事に戻ってもそんなに忙しいなら、彼への気持ちを考えている暇はなさそうだ。ばかげた話だけれど、愛する弱みで毎日ジョエルに会いたかった。でもその気持ちに負けるのはやめよう。「それなら退屈したままでけっこうですわ」

ジョエルは大げさにため息をついて近寄った。「君なしではやっていけないと言わせたいのかい？」彼は瞳の奥までじっと見つめた。「オフィスはもうめちゃくちゃだと？　君がいないと――」

「まあ、うれしい」ジョエルったら、ほんとうに大好き。チェズニーは笑わずにはいられなかった。

彼の視線が口元に移り、君が笑うと僕も楽しいというように唇に笑みを浮かべた。「戻っておいで」ジョエルがやさしくうながし、ゆっくりと近寄って両腕を軽くつかんだ。これは大切な頼みなんだとばかり、頬にそっとキスした。

その瞬間、彼女の自制心は消え失《う》せた。思いがけず腕をつかまれ、自然に頬に唇をつけられて心が揺らぎ、懸命に自分を抑えようとした。

チェズニーはさっと彼を押しのけた。長年のあいだに第二の天性になったクールな仮面が今ほど必要になったことはない。でも押しのけたらすぐ手を離してくれたので助かった。落ち着きを取り戻そうとあせる彼女にジョエルが迫った。「君はどちらの人生を選ぶ？

うんざりするような別の仕事につくか、君の愛する、きつい職に戻るか。戻ると言ってほしい」

「わたしは……」チェズニーは口ごもった。たしかに仕事はきつく、ときどき無理もするけれど……。彼を見て心が萎《な》えた。見たのが間違いだった。毎日彼に会えるチャンスを我慢できるわけがない。「戻りますが、条件がひとつあります」同意はしたものの、まだ全神経がたかぶっている。

「言いたまえ」ジョエルはすかさずこたえた。

「今度キスをしたら、永遠にあなたを見捨てます」

彼はまじめなまなざしで見つめ、無言で手を差し出した。「明日の朝会おう」彼は同意して握手を交わし、フラットをあとにした。

彼が帰ったとたんチェズニーは椅子に座り込み、キスされた頬に手を当てた。ジョエルを愛している。愛するゆえの弱さに負けた。でも後悔はない。愛する彼に明日また会えるのだから。

翌日はうららかに晴れた。チェズニーは仕事の意欲に燃えて出勤した。その日は順調ではなかった。昨夜彼はチェズニーの仕事の問題だけ解決した。

まだ〝ふたりの婚約〟の件が残っている。イェートマン会長になんと言ってディナーの招待を断るかはジョエルにまかせた。チェズニーとしては機会がありしだい婚約の噂を止めるつもりだ。

最初の機会はあいにくジョエルの留守に訪れた。二時間はオフィスに戻らないというとき、取締役のミュリエル・イェートマンが入ってきた。五十代なかばのがっしりした女性で、会うのは初めてではない。婚約のお祝いを言いにわざわざ来てくれたらしい。あいにくなのは姪《めい》のアーリーンを連れていたことだ。おかげで婚約を打ち消したいが、そうするとジョエルのためにならないというジレンマに陥った。

「おばさま、すばらしいでしょう」アーリーンが大げさに言ったのは、ミュリエルが婚約のニュースにみな喜んでいると話してからのことだった。今や手の届かない彼への気持ちを隠すことにかけてはアーリーンほど優秀な人はいない。でもジョエルの期待を裏切りたくないなら話を合わせるしかなかった。

ふたりが出ていってしばらく、チェズニーはジョエルに反発を感じていた。君には興味がないので二度と仕事のじゃまをしないでほしいと、なぜ彼はアーリーンに率直に言えなかったのだろう。

たぶんジョエルはなるべく傷つけないようにそう言ったのだろう。でも強引なアーリーンは一度狙《ねら》いを定めた彼を簡単にはあきらめない。言葉では効果なしと見て、彼は決まった女性がいるふりをした。それに〝悦に入った顔〟を忘れてはならない。

二度と〝悦に入った顔〟はしないと胸に誓い、仕事を続けたが何度も中断された。婚約を祝福するために訪れた取締役はミュリエルだけではなかった。

こうなる前に彼となんでもいいから解決しておけばよかったと心底思った。取締役の半数はイェートマン一族なのでアーリーンの親戚《しんせき》にあたる。チェズニーはジョエルと相談するまでは話を合わせるしかなかった。

彼は二時過ぎにオフィスに戻ったが、次の約束まで時間はほとんどない。それでもかまわなかった。今すぐこの問題を片づけなければ。

チェズニーは次の約束に必要な資料を彼に届けに行き、仕事の話を少ししてからそっけなく知らせた。「ミュリエル・イェートマンが婚約のお祝いを言うためにお見えになりました」

彼は資料をブリーフケースに入れてから、強情な顔をしげしげと見た。「それで話したのかい？」

「何を言えます？　アーリーンもいっしょでした」

彼はほほえんだ。「身に余る忠義に感謝するよ」

「感謝だけでは困ります」魅力に負けるものですか。「お祝いにお見えになった取締役はふたりだけではありません。わたしはどう言えばいいんですか？」

「何も言う必要はない」ジョエルも真剣な表情だ。「どうやら〝僕たちの噂〟は知れ渡っているようだな」彼は少し考えた。噂を否定している暇などないとばかりこう言った。

「人の噂も七十五日だ。そのうちもっとおもしろい噂の種ができるだろう」

「〝わたしたちの婚約〟がそんなに簡単に忘れられるとお思いですか?」彼の態度が信じられない。

「もちろんだ」彼は自信たっぷりだ。取るに足らない婚約よりはるかに重要な仕事に心が向いているらしい。「だいじょうぶだ。噂は自然に消える。ことに君と僕がバージンロードを歩く気配を見せなかったらね」彼が腕時計をちらりと見た。「四時ごろ戻る」ジョエルは出かけてしまった。

平然とした態度に絶句して後ろ姿を見ていたチェズニーは、電話の音で仕事に引き戻された。

午後はそのことを考える暇はほとんどなかった。ジョエルが言ったとおり激化してきた事態の対処に力を尽くした。つかの間、彼がふざけて言ったことを考えた。〝君と僕がバージンロードを歩く気配を見せなかったら〟婚約の噂は自然に消える——来週でなく今週自然に消えることを願うばかりだ。それからは仕事一色になった。

ジョエルのビジネスが円滑に運ぶように補佐する日常業務だけでなく、一日半の仕事がたまっている。午前中に仕事を中断されてますます遅れた。

金曜の午後になってもまだ追いつかなかった。今週の仕事を月曜に持ち越すのはプライドが許さない。

四時半には今夜のフィリップとのデートの約束を守るのは無理だと悟った。それはかまわないが、彼の友人たちのパーティに行くはずだったのでみんなをがっかりさせるのが心苦しい。でも彼にもう会わないほうがいいと話すほうが、長い目で見たらずっと親切なのではと最近思うようになった。

チェズニーは隣のオフィスを見た。こまかい点を彼が頻繁にチェックする必要があるため一時間前からドアを開け放してある。商売敵のフィリップとの交際をジョエルは快く思っていないので、電話をする前にドアを閉めたいところだが、ふと反抗心が頭をもたげた。ジョエルのためにあくせく働いていても、わたしは彼のものではない。チェズニーは受話器を取った。

「チェズニー・コスグローヴですが、ミスター・ポメロイをお願いします」そう告げながら、隣のオフィスでメモを取っているジョエルを見つめた。ペンが一瞬止まり、また動くのが見えた。フィリップが電話に出たので、ジョエルに聞かれていることは努めて忘れようとした。「連絡が遅くなってごめんなさい。でも今夜のパーティに出られなくなって。水曜日に休んだので仕事がたまってるの」

「病気じゃないだろうね？」フィリップが心配した。

「いいえ、ずっと元気よ」チェズニーは微笑した。

「それはよかった。パーティには遅れてもいいんだ。誰も気にしないよ」

「今夜はやめておきたいの」

「明日は？」

「あいにく週末は両親を訪ねる予定だから」チェズニーはなんとはなしにジョエルを見た。悦に入った顔をしたと責めたくせに、彼こそわたしのデートが仕事で中止になったのでご満悦の様子だ。

その晩帰宅した彼女はくたくたでベッドに入るのがやっとだった。もう一週間近いのに車のことは何もしていない。来週は時間を見つけて探しに行こう。

たっぷり一晩眠って元気を取り戻し、ジョエルのことばかり考えながら実家に車を走らせた。

週末は予想どおりだった。相変わらず両親の仲は悪く、日曜の朝がきてもチェズニーは残念に思わなかった。帰りに、夫のもとに戻っている姉のロビーナの家に寄った。トニアだけ訪ねなかったら許してもらえないので、立ち寄ってお茶を飲んだときもまだ、夫の女癖が悪いというロビーナの愚痴が耳に残っていた。フラットに戻ってすぐネリッサから電話があり、近況をたずねられた。でも〝婚約の噂〟や偽りのフィアンセを救いようのないほど愛してしまったことは、両親にも姉たちにも話さなかった。

その晩フィリップからも電話があった。チェズニーはもう会わないつもりだと話したくなった。「土曜に会えないかい？」そうたずねられると、決意の言葉がどうしても出てこない。

わたしが土曜に会いたいのはジョエル……。ふいに自尊心の声がした。ジョエルが土曜に何をすると思ってるの。家であなたのことを考えているとでも？　目を覚ましなさい。

「いいわね」チェズニーはそれ以上考えないうちにフィリップに返事をした。

月曜の午前中はジョエルのスケジュール調整にしばらくかかった。ぎっしりつまっている予定に、子会社関連の会合一時間を差し込む必要ができたためだ。突然エドワード・キングから翌日の昼食の招待も入った。彼はイェートマン家の女性と結婚した古参の取締役で、ジョエルは彼の意見を尊重しているが、彼の票の行方はまだ定かではない。ジョエルはすでに仕事に追われていて――それがまた楽しそうなのだが、チェズニーはいつでもどこでも彼の緊張をほぐすのが自分の務めと心得ている。

翌日ジョエルがエドワード・キングと昼食に出かけてすぐ電話があった。彼の父親からだ。

「うちの嫁の調子はどうだい？」陽気にたずねられチェズニーは狼狽《ろうばい》した。嫁になる可能性はありません。婚約はしていませんと思わず言いたくなった。

「マグナス――」そのとき彼が噂好きのおしゃべりでアーリーンと仲がいいことが頭に浮かび、チェズニーは考え直した。「ご機嫌いかがですか？」

「すこぶる幸せだ。君が未来の舅《しゅうと》を昼食に連れていくと言ってくれたらますます幸せになるよ」

チェズニーはひるんだ。ちょっぴり不良でちょっぴり愛嬌《あいきょう》のある彼が好きだ。今すぐ真実を話したいと思ったが、ジョエルのためを思い沈黙を守った。まず彼と話し合わなくては。

「今日は無理ですわ」チェズニーはよかったと思いながらこたえた。ジョエルの昼食が長引きそうなので、二時にはオフィスに戻り砦《とりで》を守る必要がある。

「そうか」がっかりした声だ。「会えるのを楽しみにしてたんだ。幸せだが少し寂しくてな」

大げさな言葉に彼女はつい同情した。「明日はいかが？　明日なら昼食におつき合いできますけど」

「迎えに行くよ」マグナスがすかさず言った。

別れの挨拶《あいさつ》をしながら、明日会う前にマグナスに真実を話す必要があるとチェズニーは悟った。なんといっても彼はジョエルの父親だ。父親に打ち明けるのは当然だとジョエルも考えるはずだ。

三時十五分、彼がオフィスに入る音を聞いたとき、それなのになぜこんなに動揺しているのだろうとチェズニーは自分でもいぶかしく思った。さあ、ばかなことを考えていないで今すぐ話しなさい。

チェズニーは深呼吸をひとつして立ち上がり、一瞬迷い、みずからを叱《しか》りつけた。「ばかばかしい」彼女は足早に歩いていった。クールな仮面でしっかり覆い、毅然《きぜん》とした態度でオフィスに入った。

ああ、彼が好きでたまらない――クールな仮面に亀裂《きれつ》が走った。チェズニーは愛想よくたずねた。「おいしい昼食でした？」

ジョエルが見つめ返した。「有意義な昼食だった」思案するようなまなざしだ。〝伝言は？〟とたずねてくれたら、ついでにマグナスの電話の話ができるのに、彼は椅子を勧めた。

残念。彼がデスクの横に座っているので、チェズニーは向かい側に腰を下ろした。〝有意義な昼食〟にも興味はあるがもっと大切な話がある。話すと決めたら急に待ちきれなくなった。「お父さまからお電話がありました」

「父が動転させることを言ったのかい？」隠していたのに気をもんでいるのが態度に出たらしい。

「いいえ」チェズニーはあわててこたえた。「昼食に誘われました。今日はオフィスを離れたくなかったので行けませんでしたが――」さあ、言いなさい。「明日にしてもらいました。その前にわたしたちが――婚約していないことを話すべきだと思います」やっと言えた。彼は早くも頭を振っているのだからじれったい。彼の問題なのに。話が通じないようなので続けた。「そもそも婚約の話はなかったことをすぐ公表なさるほうがいいと思います」

ジョエルはしばし見つめた。チェズニーのクールさは木っ端みじんだが、彼のほうはいたって冷静だ。「あいにくそれは無理だ」

チェズニーは驚いた。仕事が最優先なのはわかるが適当な相手に耳打ちするだけで逆の噂が広まるはずだ。「無理？」どうやらアーリーンを追い払うだけの話ではないらしい。

「なぜ無理なんですか？」たずねながら彼の表情を見ていやな予感がした。

ジョエルはじっと見つめた。「ひとつには、君は明日父と昼食に行かない」

「行かない？」チェズニーはきょとんとした。

ジョエルが頭を振った。「明日グラスゴーに行かなくてはならない。君にも同行してもらいたいんだ」再度スケジュール調整が必要ねとチェズニーは思った。「ふたつには僕の婚約を解消したくない」僕の婚約ですって。「僕は結婚を迫られてるんだ」

チェズニーは仰天して見つめた。「なぜ？」この質問しか頭に浮かばなかった。

ジョエルは肩をすくめて説明した。「昼食のときエドワードと話し、例のラッセルが会長に立候補する噂が事実とわかった。それからエドワードは僕に投票してくれるそうだ。ウィンズロウ会長も次期会長には僕が最適と考えているらしい」

チェズニーは彼の顔から目が離せなかった。エドワードがジョエル支持の態度を明らかにしてくれてほんとうにうれしい。愛は横に置いても、ほかの候補に比べ、ウィンズロウ会長が言うとおり次の会長にはジョエルがいちばん適任だ。

「でも？」それだけではないらしいと察してたずねた。結婚とこれとなんの関係があるのだろう。

「だが票は割れるだろう。有効な八票のうち僕の票を除外すると、確実な票は三票だけだ。決定票を持つ会長がエドワードに言ったそうだ。家族を愛しているから、結婚している候補にしか投票しないと」

チェズニーはまたも唖然《あぜん》として、なんとかこの話を客観的に見ようとした。ラッセルは子どもはいないが結婚している。結婚してまで会長になりたいんですかともう少しでジョエルにたずねそうになった。でもそうなのだ。彼には大望がある。会長職を望んでいる彼にすばらしいチャンスが巡ってきた。結婚さえすれば現会長に後援してもらえるのだ。

ジョエルが結婚すると思うとチェズニーは気分が悪くなったが、瞳に映る思いを鋭い彼にわずかでも悟られたくない。となればこう言うくらいしかなかった。「ガールフレンドの住所録をお調べになったほうがいいみたいですね」

「その必要はない」青い瞳が緑の瞳を見つめた。

「どなたかいらっしゃるんですか？」よく声が震えなかったと思う。心は傷ついていた。仕事は大好きだが、彼が結婚したらどうして働けばいいのか……。

る女性だ」ジョエルは見つめたまま、信じられないほど落ち着いてこたえた。「僕が今見つめてい

彼女は声を失った。「今見つめている……」稲妻に打たれた心地になり衝撃でわれに返った。「とんでもない！」チェズニーは憤然と立ち上がった。

「なぜ？」彼も立ってデスクをはさんで見つめた。

「なぜですって？」チェズニーはわが耳を疑った。よく落ち着き払って言えるものだ。

「わたしはあなたの秘書ですよ」ショックからしだいに立ち直りながら彼女は浴びせた。

「今の提案は、わたしにヘディングしろと言うようなもので〝職務外〟です」

「考えてもごらん――」

「考えることは何もありません」

「何をそんなに怒ってるんだ？」

「ご自分でわからないんですか？　わたしが結婚に興味がないことはよくご存じのはずです」

「だから都合がいいんじゃないか？」

「なぜです？」

「悲惨な結婚を数多く見た君は、結婚したくないと考えている。だが僕たちはあらかじめ結婚の行く末を知っている。どちらも傷つかなくてすむ」

動揺して筋道立てて考えられない。チェズニーはけんか腰でたずねた。「なぜわたしがあなたと結婚しなくてはならないんですか？」

「僕が会長に適任だと君は知っているからだ。これまでの話から察するところ、わが社を率いるに最適の候補は僕だと君は認めてくれている」チェズニーは何ひとつ反駁《はんばく》できなかった。「会長秘書も楽しいと思うよ」彼がかすかにほほえんで言い添えた。

チェズニーはすっかり感情的になってきた。会長秘書になる話は頭を素通りした。たしかにジョエルこそ会長に最適で、会社と社員のためになる。でも彼と結婚？　絶対にだめだ。

ジョエルは説得は失敗と判断したらしく方針を変えた。「夫がほしくない以外に、結婚したくない理由はあるかい？　ポメロイとの関係とか？」

「彼とはそんな関係ではありません」

信じたかどうかはともかくジョエルは有利に使った。「それなら君を止めるものは何もないわけだ」

なんてずうずうしい。「なぜわたしなんです？」

「なぜいけない？」もっともらしく説得しようと苦しまぎれにつけ加えた。「今だって君は僕と暮らしているようなものだ」

「あなたと暮らすつもりはありません」チェズニーがなおも言葉を浴びせると彼はほほえ

んだ。僕との結婚をまじめに考えてくれているんだねというように。「そのつもりはありません」ジョエルは納得していない顔つきだ。そのとき電話が鳴った。

「一晩寝て考えてほしい。明日はグラスゴーに出張だ。夕食の席で話し合おう」

話し合うことはありませんと言おうとしたが、彼が電話を無視している。プロ意識に負けて電話に出る時間を与え、チェズニーはオフィスを出た。

デスクに戻っても彼の話が頭の中で渦巻いていた――明日マグナスと昼食には行かない。〝明日はグラスゴーに出張だ。夕食の席で話し合おう〟

自動操縦で動かされている気分で彼女は航空便とホテルの手配をし、さまざまな電話を受けた。あとから電話でジョエルの父親に、明日の昼食につき合えなくなったことを伝えた。

「知ってるよ」マグナスは機嫌よくこたえた。「ジョエルから電話があって、明日北へ出張すると聞いた。君にも来てほしいのは当然だ」

ますます泥沼にはまり込んでいく気分だ。忙しいのはうれしいが、ジョエルに与えられた〝一晩寝て考える問題〟を検討しながら仕事を効率よく進めるのは無理だ。彼のショッキングな提案を考えるのはあきらめ、お給料をいただいている仕事に集中した。

六時十五分に帰る用意をしたとき、彼に会いに行くのは気まずい感じがした。なぜわたしがそんな気分になるのだろう。気まずいのは彼のはずだ。

外見は落ち着いてオフィスに入ると彼が書類から目を上げ、やさしくたずねた。「帰るのかい?」

「ほかにご用がなければ……」

ジョエルは頭を振った。「朝の空港への足はだいじょうぶかい? なんなら僕が迎えに――」

「その必要はありません」チェズニーはきびきびとさえぎった。そういえば前のスコットランド出張のときは空港への道を知っているかたずねられただけだった。「祖父の車がありますから」

彼のほほえみを見て、また〝彼が憎らしい瞬間〟を味わった。「あの話は明日にしよう」

チェズニーは無言でオフィスをあとにした。

三十分でフラットに着いたとき、今の境遇に妙に不満を感じた。すべてジョエルの責任だ。彼のせいで心がかき乱された。チェズニーは居間を見まわした。わたしはここで幸せだった。これからもずっと幸せだ。でもなぜか変化がほしい気がする。この退屈な生活から連れ出してくれる何かがほしい。

この退屈な生活ですって。今日まで退屈だと感じたことはなかった。ジョエルに恋をして、たしかに心がかき乱された。考えまいとしても彼のことがかたときも頭から離れない。結婚しようと提案してわたしの整然とした暮らしをかきまわすなんて。彼が結婚する覚悟を決めた理由はたずねるまでもなく大望のため。勤勉な彼だからトップへの道をふさぐ障害を取り除くだろう。大望のため彼が妻《めと》を娶る必要があるならしかたがない。

でもなぜわたしが彼との結婚を望まねばならないのだろう。今日まで自分の境遇にほぼ満足していた。愛する彼が待望の会長職を射止める力になりたい。彼ほどの適任を知らないのも事実だが結婚はできない。

彼女はベッドに入った。一晩寝て考えるように言われたことが、頭の中でぐるぐる巡って眠れない。

だんだん心配になってきた。わたしが彼と結婚しなかったら次の会長になるのは誰だろう。ラッセルか、彼の従弟《いとこ》のオーブリー・イェートマンか。ふたりにはジョエルのような意欲も行動力もない。

イェートマン一族が彼に対して一致団結しているのが気にくわなかった。彼は会長に適任だけど、彼と結婚する？　考えることすらだめだ。あのロミオばりの迫り方にはつい笑ってしまった。でも結婚するつもりはない。これで決定だ。たしかに彼に電話をかけてくる女性は最近少なくなったけれど……。

二時間たっても目は冴《さ》え、考えは堂々巡りをするばかりだった。ジョエルを愛してさえいなければ、問題はないのだけれど。

心から愛する彼の力になりたい。でも夫はほしくない。姉たちがたどった結婚は災いの温床だ。

ジョエルが言うように、初めからこの結婚の行く末はわかっている。これは一時的な結婚で、彼が会長職を確保したら——どちらも傷つかないと言うからには——たぶん離婚するのだろう。

筋道立てて考えてみよう。わたしには結婚するつもりがない。来年最高の個人秘書として活躍するほかに予定がないなら、彼と結婚式を挙げて支障があるだろうか。

人生の一年くらいどんな違いがあるかしら。一年後もたぶんジョエルのために働いている。ただ結婚していたふたりが離婚しているだけの違いだ。

そこでまぶたが垂れてきた。ジョエルがわたしと恋に落ちたと自分を偽るつもりはない。チェズニーはため息をもらして眠りに引き込まれた。彼は永久の関係に興味がない。でもそれはわたしも同じ……。

6

　水曜は忙しくて私事を考える暇がなかったので、ほっとした。チェズニーはジョエルとグラスゴーに飛び、午前中は支社の彼のオフィスで働き、午後は会議に同行して込み入った討議の詳細を書き留めた。

　長引いた会議が終わりホテルに戻ったときは七時過ぎだった。わたしがこんなに疲れているのだから、討議の議長役を務めた彼も疲れているにちがいない。

「明日の朝ひとりで出かける前にぜひ君と片づけておきたい仕事がある」エレベーターを降りて部屋に向かいながら彼が言った。「夕食は部屋に運ばせてもかまわないかな？」

チェズニーはやさしい気持ちになった。彼には緊張をほぐせる場所が必要だ。家庭にいない今は彼のスイートがいちばんいい。彼女はさらりとこたえた。「わたしもくつろげるほうがいいですわ」

「僕たちは気が合うね」瞳の奥を見つめて言われ、チェズニーはアドレナリンがほとばしるのを感じた。

彼と別れて部屋に入り、さっぱりしようとしたときには少し動揺していた。ジョエルは相変わらず仕事一筋で、終日結婚の申し出には触れなかった。ひたすら仕事に打ち込んでいるので、あんな申し出はなかったものと考えていいような気がした。

でもやはり今夜の夕食の席で話し合うらしい。心配になってきた。昨日は途中で考えるのをやめた。

〝一晩寝て〟考え抜いた今日の出発点は、〝愛のせいで変節するなんて考えられない〟だ。結婚する気はない。でもジョエルは誰よりも次の会長にふさわしい。彼は会長職を強く望んでいる。わたしは結婚までして応援するほど彼を愛しているだろうか。

徹底的に考えたからもう考えたくない。チェズニーは黒いパンツとこざっぱりした白いシャツに着替え、支度が終わるなり部屋を出た。

ジョエルも急いでシャワーを浴びたらしく、髪がぬれている。「何を食べる？」彼はスイートの居間に案内すると早速夕食を注文し、料理が来るまで複雑な業務を調べた。今日の議事録だけでなくこれも、明日彼が別の用件でいないあいだのわたしの仕事だ。

料理が届いたのでジョエルは仕事を片づけ、話に花を咲かせた。でもあの申し出にだけは触れない。もしかしたら彼は気が変わったのかもしれない。

それからチェズニーはくつろぎ、打ち解けて自由に話すようになり、彼と過ごすひとときを楽しんだ。コーヒーを飲み干しながら、そろそろ部屋に戻る時刻だと思った。あの件は何も言わずにすみそうだ。

唇には用心深い微笑でなく自然な笑みが浮かんでいた。そのときジョエルが唇から視線を上げて言った。「今日はたいへんな一日だったね。だが部屋に戻る前に――」彼のまなざしが緑の瞳を見つめた。「返事を聞かせてほしい」

その瞬間、喉が渇いて彼女は口ごもった。「返事？」

「僕たちの結婚の返事だよ」思い出させてもらう必要はまったくなかった。

「ええ」チェズニーはつぶやき、愛する彼を見つめた。「どのくらいの期間になるかしら？」

「長くて二年間だ」ジョエルがすかさずこたえた。「会長になってから実力を披露する時間がいる。そうなったら僕の地位は安泰だ」

二年は長い。「それ以上延びたらいやだわ」

「すると承知してくれるんだね？」

どうしよう。「二年も禁欲生活ができますか？」こういう事情の結婚でもそのショックは同じだと直感でわかった。

「禁欲生活？」ジョエルがびっくりしてきき返した。そんな言葉は初めて聞いたと言わんばかりだ。

チェズニーは頬がばら色に染まるのを感じた。もっとクールな態度をとろうと懸命になった。話をするのにそれが必要だ。「わたしたちの結婚は——もし結婚したらの話ですが、寝室のドアの前で終わりです」ジョエルは興味津々の表情になったが口出しはせず、言いにくそうな彼女に最後まで続けさせた。「もちろんこれは便宜上の結婚ですけど……」声が尻すぼみになったがどうにか続けた。「よそで快楽を求める男性には我慢なりません」

「二年間？」彼は考えもしなかった様子だが、慎重に考えて同意した。「いいとも」そして逆にたずねた。「それで君は？」

「わたし？」わたしがどうしたというのかしら。

「たしかに僕のために結婚してもらうわけだが、僕のプライドも守ってほしいな」

彼女はまじまじと見つめた。「なんのことかしら」

「僕がよそで女性関係を持つのは君のプライドが許さない。君も禁欲生活をすると考えていいかい？」

困った。また頬が染まるのがわかった。でも自分で言い出したのだ。チェズニーは羞《しゅう》恥《ち》心をこらえた。「そうでないと不公平ね」彼の表情が真剣そのものになったとき、今が運命の瞬間だと悟った。

「僕と結婚してくれるんだね、チェズニー？」

もうあと戻りはできない。気持ちのうえでは約束したも同じだ。彼女はできるだけ冷静にこたえた。「この先二年は何も予定がありません」

彼はほほえんで静かに言った。「ありがとう。僕のためにここまでしてくれて心から感謝している。役場には十五日前に結婚の意思を知らせなければならない。急いで進めてもかまわないかい？」

「婚約期間は長くしたくないと？」

「僕の流儀じゃないからね」

たしかに彼は即実行するタイプだ。賽《さい》は投げられた。チェズニーは緊張が解けていくのを感じ、ほほえんで言った。「早く結婚すればそれだけ早く離婚できますものね」

不思議にもジョエルは笑みを返さず、少しして言った。「そのとおり。では実際的な話をしよう」

「いいですわ」

「結婚式には両親を招待しないとね」

チェズニーは思わずぎょっとした。「結婚したあとで、便宜上の結婚だと説明してはいけません？」

「だめだ」彼はそれ以上考える余地なく却下した。「それはふたりだけの秘密にしないと。君の家族は知らないが、僕の父を知っているだろう？　二週間すら無理なのに二年も黙っていられるわけがない」

「それは問題ね」チェズニーは認めるしかなかった。

「昨夜《ゆうべ》母から電話があって、君に会いたいそうだ」

「お母さまが？」信じられない思いがした。

「昨夜休暇先の海外から帰国したんだ。父は一刻も無駄にしないで母に僕の婚約を報告したらしい」

「よくわかったわ。家族には結婚のほんとうの理由は話せないわね」わたしのほうが大家族だ。家族や義兄たちが、聞かれては困る人がいるところで話さないともかぎらない。

「結婚準備はわたしが？　それともおまかせしていいのかしら？」

「結婚の意思を知らせるために役場にはいっしょに行ってもらうしかない。君の手際はすばらしいが、あとは僕にまかせていい」話は終わった。もう話し合うことはない。そろそろ部屋に戻ろう。

「ほかに何もないかしら？」チェズニーはたずねながら立ち上がっていた。

「ないようだ」ジョエルがこたえて、戸口にエスコートした。「もちろん別れるときには、住み心地のよい住まいを用意する……」

チェズニーはぴたりと足を止めて見上げた。「住み心地のよい住まいはありますけど」

「そこでの暮らしが楽しい？」

小さいが気に入っている。「必要なものは揃《そろ》っています」

「君がそうしたいならわかったよ。家主の連絡先を教えてほしい。小切手を送ろう」

「それってどういうことかしら？」

「むろんこれから二年間、君の家賃は僕の責任だ」

「もう一度言ってくださる？」プライドが胸にあふれた。でも今度はジョエルのほうが当惑している。

「別れたあとで今のフラットに戻りたいと自分で言っただろう」

「そもそもフラットを出る気はありません」チェズニーはすばやく言ったが、彼の返事もすばやかった。

「ばかな。住所が別だったらこれがふつうの結婚だとみんなが思うわけがないじゃないか」

「わたし……」彼女は口ごもった。考えておくべきだった。「みんなって取締役会のことかしら？」

返事の必要はなかった。彼が断固たる顔つきで立っているだけで、同居する心構えがないなら今すぐ中止したほうがいいとチェズニーは悟った。でもわたしは結婚に同意した。彼の家で暮らすのは不安でたまらないけれど、彼を愛している。そして彼こそ会長にふさわしい人だ。

「あなたの家に部屋がたくさんあるといいわね」彼女はクールに言ってドアのほうを向いた。

「たっぷりあるよ」ドアを開けた彼が最後に言った。「チェズニー?」見上げると、たしかに彼の瞳に悪魔めいた輝きが見えた。「ポメロイには君から伝えてほしい――最高の男の勝利だとね」

冷たく一瞥《いちべつ》すべきだと思ったが、唇がぴくついているのがまるわかりだ。チェズニーは笑うまいとしても笑い声になった。「おやすみなさい」

彼は無防備な表情を名残惜しげに見つめてからこたえた。「おやすみ」チェズニーは部屋をあとにしながら、彼への愛が結婚するほど強いことを悟った。

ロンドンに戻ってから仕事はふだんどおり進み、どちらも迫る結婚には触れなかった。結婚準備はまかせるように言われたから、一、二カ月で準備は万端整うだろう。

ジョエルが会長になれなかったらという考えも頭をよぎったが、それは考えられない。彼が前向きに考えているのだからわたしも見習わなくては。最悪の事態になったらこの結婚はどうなるのかと心配する必要はない。即離婚がその答えだ。

「今から帰ります」金曜の夜、チェズニーはデスクを片づけてからオフィスに行き、彼に告げた。

「よい週末を」ジョエルは挨拶《あいさつ》して仕事の手を止めた。「家族にもう……僕たちのことを話したのかい?」彼が立ち上がり、デスクをまわってきた。

「そのほうがいいでしょうか?」

彼のほほえみを見て、チェズニーは深い愛情がわき上がるのを感じた。「そのほうがいい」

彼女はほほえみを返した。「ではそうしますわ」

「この週末に?」

ぐずぐずしないのが彼の流儀だ。「電話ではすませられないこともありますわ。日曜日にケンブリッジにドライブしてきます」

チェズニーが胸が高鳴るのを感じたとき、ジョエルが少し考えてから申し出た。「僕も行ったほうがよかったら、いつでも行けるようにしておくよ」

日曜日に会社の外で彼といっしょに二時間過ごせたらうれしい。「だいじょうぶですわ。でもありがとうございます」チェズニーはその楽しみは我慢した。これはふつうの結婚とは違う。それに互いにあら捜しばかりしている両親の話を聞くより、彼にはもっとましな過ごし方がある。

彼はその返事には何も言わなかったが、断ったことをチェズニーが早くも後悔していると、続けて言った。「結婚の件はポメロイに話したんだね」

「明日彼と夕食に行きます」彼女は率直にこたえた。するとジョエルの顔に思いもしなかった不満の表情が広がった。

「まったく!」怒りの声をあげた彼は同じ険しい口調で続けた。「まだ話してないのか?」

「機会がなかったんです」チェズニーは言い返し、彼が意味深長に電話を見たので機先を制した。「話しましたように電話ではすまない話があります」

「君にとって彼はそんなに大切な相手なのか?」

「わたしたちは――友だちです」

ジョエルはじっと見下ろした。「そして彼は君に恋し――結婚を申し込んだ」

返事のしようがない。ジョエルを愛しているが、こんなふうにフィリップの気持ちを話題にしてはいけない。チェズニーはいつものクールなイメージが台なしだと気づいたが、精いっぱい冷静を装った。

「ではまた月曜日に」挨拶をして向きを変えた。

「おやすみ」ジョエルは、フィリップの話をしたくない気持ちを受け入れたが、今のところは放免してやろうとばかり厳しい視線で一瞥した。

土曜の朝チェズニーは、夜フィリップに会うことを心配しないようにして家事にいそしんだ。会うのは今夜が最後になる。彼は傷つくだろう。傷つけたくないけれど、ほかにどうしようもない。

フィリップは七時に迎えに来る約束だ。四時にお風呂に入りながらなるべく傷つけない言い方を考えることにした。考えながら髪をシャンプーした。

バスタブから出たとたん建物の表のブザーが鳴った。誰かしら。ネリッサだろうか。チエズニーは大急ぎでコットンローブを羽織り、ぬれた髪をタオルで拭《ふ》きながら歩いた。今度の結婚のことは真っ先にネリッサに教えたかったが、まず両親に知らせないとひがまれそうだ。でもネリッサが訪ねてきたのなら黙っていられないのが自然だ。

「はい」機嫌よくインターホンに呼びかけた。

「誰だと思った?」ジョエルがそっけなくたずねた。

ジョエル? 二週間前なら、もちろんあなたではありませんと返事をしたかもしれない。でも今は彼を愛している。「姉だとばかり」チェズニーは正直にこたえてよけいなことは言わなかった。

「会えるかい?」少しして彼がたずねた。

「お風呂から出たばかりなので」チェズニーは急いでこたえた。洗練された態度はどうなったのやら。彼女は自分のイメージを取り戻そうと懸命になった。「このままでは人前に出られません」

「そんなことは一時も信じられないよ。今夜約束があることは知っている。長居はしない」

　このまま玄関先で用を話してくれたらと思ったが、彼のねばり強さは知っている。用件はわからないが、ささいな用事でも会いたいと思ったら会う人だ。

　チェズニーはもう何も言わず解錠ボタンを押し、バスルームに駆け戻った。髪を乾かそうと貴重な時間を無駄にし、もっとすることがあると気づいて頭をタオルで包んだ。薄いローブをしっかりと体に巻きつけている真っ最中に呼び鈴が鳴った。

せめて下着をつけたかったが時間がない。長居はしないそうだし、ジョエルはもう来ている。用件を聞いたらすぐに送り出そう。

「どうぞ」チェズニーはドアを開けながら、胸のときめきを覚えた。カジュアルな出立《いた》ちの彼はなおさら背が高く見える。

居間までついてきたジョエルに椅子を勧めかけてやめた。彼が全身を見まわしている。わたしがローブの下に一糸もまとっていないことはお見通しらしい。服を着るあいだ待ってもらえばよかった。この軽いローブでは体の曲線がまるわかりだ。

「服を着るべきですが」彼女は自分の格好をなかば謝るように、そして用件をすませてさっさとお帰りくださいとなかばうながすように小声で言った。

「今のままできれいだよ」なんと彼はからかっているらしい。それともわたしがどぎまぎしているのに気づき、気を楽にさせようとしているのかもしれない。「君はもっとパステルカラーのタオルを頭に巻くべきだね」

彼がわたしに言い寄っている。こう言われただけで力が抜けそうだが、これではいけない。「ご存じのように今夜は出かけますが、急ぎの仕事をお持ちになったのなら、帰ってからなんとかしますわ」チェズニーは落ち着いたプロの口調で申し出た。

彼のほほえみにまた胸がときめいた。「僕はそんなに人使いが荒いかな?」ジョエルは心外そうにたずね、そうかもしれないと悟ったらしく返事はするなと命じ、指輪のケースをポケットから取り出した。「これを君に」

「なんでしょう?」

「僕たちの婚約はみんな知っているから指輪をしたほうがいい」彼が味も素っ気もない言い方をしてケースを開けると、美しいシングルストーンの婚約指輪が現れた。

「ジョエル……」チェズニーは息をのんだ。

「君の瞳にぴったりのエメラルドだよ」彼が淡々と言った。

「あなたは……」チェズニーはまだショックから立ち直れなかった。彼はなんでもないような言い方をしたが、わたしの瞳の色に合わせてエメラルドの指輪を選んでくれたのだ。

「サイズが合ったら明日ケンブリッジに行くときはめるといい。考えたら今からはめたほうがいいな」

「すてきだわ」チェズニーはつぶやいたが、ケースから取って指にはめるのは気恥ずかしい。

ジョエルが指輪を取り出してくれたときはうれしかった。「どの指かな?」チェズニーは知っているくせにという目でちらりと見たが、手を取られすっと指輪がはめられたとき胸が震えた。

「ぴったりだわ」ささやいて見上げると、彼がやさしく見下ろしていた。

「伝統に従ってキスしたいところだが、婚約解消されると怖いからね」

これもわたしのばつの悪さをまぎらせるための冗談かしら。どちらかと言えばそうだろう。新たな一面を知り彼がますます好きになった。「覚えていてくださってうれしいわ」つぶやくように言ってふと気づくと、胸元がはだけて右のふくらみが見えすぎている。押し殺した声をもらし、あわてて前をかき合わせたが、かえって彼の注意を引いただけだった。背の高い彼にはたっぷり見えたはずだ。

ジョエルはにやりと笑い、なめらかなクリーム色のふくらみから視線を戻した。「風邪を引かないように」彼はユーモラスに言い、なおもにこやかにつけ足した。「見送りはいらないよ」

チェズニーは後ろ姿を見つめ、ドアが閉まる音を聞いて椅子に座り込んだ。いつしか左手の指輪を見つめていた。なんて豪華な指輪かしら。でも自分が指輪をはめていることが、というよりジョエルが指輪を買ってきてくれたことが信じられない。

チェズニーは婚約指輪から目が離せなかった。彼はどぎまぎしているわたしを見てからかい、気分をほぐそうとしてくれた。どのくらいそうして座っていたのか。髪をなんとかしなくちゃと気づいた。迎えに来たフィリップにひどい格好を見せたくない。

立ち上がったものの、もう一度指輪を見ないではいられなかった。〝今からはめたほうがいいな〟ジョエルはそう言うけれど無理だ。まずフィリップに話をしなくては。そのときこれみよがしに指輪をしているのは感じが悪い。

それとも今夜指輪をはめてほしかったのかしら。僕のものと主張するため？　まさか、ばかばかしい。

その夜七時前に訪ねてきたフィリップは、深刻そうな雰囲気だった。彼をフラットには招かないでチェズニーはすぐに下りていった。言うべきことを言ってしまいたいが傷つけたくない。

でも彼はすでに知っていて、車に乗るなり言った。「君とデヴェンポートは恋人同士だと聞いた」

チェズニーは心底驚いた。「どうして……」業界のニュースが伝わるのが速いのはよく知っているが、こんな私的な話まで伝わっていたなんて。

「それじゃ、ほんとうなんだね？」彼の目から希望が消えていった。

「ごめんなさい。自分で話したかったわ……」

「今夜話すつもりだったんだね？　これが最後のデートだと」彼の苦痛をやわらげるすべがなかった。

今夜の夕食は中止にしましょうと提案したが、フィリップは聞かなかった。でもその夜は上首尾とはいかなかった。家まで送ってもらったとき、彼が腕をまわしてきてもチェズニーは抵抗しなかった。彼はしばらく抱き締めていたがついにキスをした。

「さようなら、チェズニー」

チェズニーはフラットに上がりながら涙がこぼれそうだった。彼を傷つけてしまった。でも彼とは友だち以上にはならないのは気づいている。今腕に抱かれて感じたのは悲しみだけだった。ジョエルが今日の午後指輪をしてくれたとき、手に触れられただけで全身がぞくっとして生気がみなぎるのを感じた。

翌日婚約を知らせると両親は動揺した。母がショックから立ち直るとたずねた。「なぜ彼はいっしょに来なかったの？」

「ジョエルは来たがったんだけど、とても忙しい人だから」納得してもらえないのに気づき、チェズニーはつい話を作っていた。「わたしたち、すぐに結婚することにしたの。だから彼はふたりで過ごせる時間を作るため仕事を必死で片づけているのよ」

「新しい服を買えるように、早めに日程を知らせてよ」母はそれだけ言った。ジョエルが結婚式に両親を招待する必要があると言っていたがそのとおりだ。母は招待もされないうちから着る服の話をしている。

実家から姉たちに電話で婚約を報告し、惨憺《さんたん》たる結婚をした姉たちの喜びようにチェズニーは驚いた。

「まあ、すてき！」ネリッサはため息をついた。

ロビーナは感激した。「まあ驚いた。絶対に結婚しないと言っていた人が。何よりうれしいわ」

トニアは興奮した声で言った。「彼をどこに隠していたの？　ほんとうによかったわ」

チェズニーは月曜日に出勤したときもまだ家族の反応にとまどっていた。「おはようございます」フィアンセに礼儀正しく挨拶すると、彼がわざわざオフィスを出てきたので心がとろけそうになった。

「何か問題は？」ジョエルはそうたずねて、セイジグリーンのスーツに包まれた、均整の取れたすらりとした姿態を見てとった。

両親とフィリップに知らせたかという意味？「知らせるべき人には残らず話しました」

彼はうなずいて言った。「婚約指輪をしてくれてうれしいよ」そしてオフィスに戻った。

彼は何ひとつ見逃さないのかしら。

チェズニーはこの月曜日は残業した。翌朝の会議資料の準備に精を出していたとき、ジョエルが会いに来た。忙しく電話をかけていた様子だが、一時間ばかりふたりで出かけたいという。

「ノートを用意しておきます」きっと社用だろう。

「ノートはいらない」彼女はわけがわからなくて見つめた。「三週間先の土曜に予定は入ってる？」

「この日に式を挙げたいと思ってね」ジョエルがさりげなく言った。チェズニーは体がか

っと熱くなった。こんなに早いとは思わなかった。

「母に電話をしたほうがよさそうですわ。新しい服を買いたいらしいので」彼女はあわて

て言った。

「君はじつにすばらしいね」ジョエルのやさしい言葉に、チェズニーは椅子から落ちそう

になった。

なぜならわたしが癇癪《かんしゃく》を起こしていないから。内心パニックに襲われたことを悟られ

なくてよかった。チェズニーはできるだけクールにこたえた。「反対しようとは夢にも思

いませんわ」

彼はかすかにほほえみ、相変わらず事務的に言った。「結婚の通知のため役場に行かな

くてはならない。出生証明書かパスポートがいるから、まず君の家に寄ろう。あいにく忙

しくなるが暇を見て、僕の家に荷物を運ぶ手伝いをするよ」

もうすぐ毎晩彼の家で眠ることになるのだ。チェズニーはがつんと殴られた思いがした。

返事ができなかったので、ただひとつ思いついたことを言った。「暇な時間を――楽し

むべきだとはお思いにならないんですか?」

「楽しむ?」

いやな人。無理やり説明させる気らしい。「あなたはもうすぐお別れを――」

彼はすぐにのみ込んだ。おもしろがっている。「自由な独身生活とお別れ?」

「ええ」笑われてチェズニーはしゅんとなった。

彼は陽気に言った。「チェズィー、僕たちはうまくやっていけそうだね」

チェズィーですって。いい響き。だが彼女は心が激しく揺れた。わたしは心から彼を愛している。式の日取りはもう決まった。挙式の日はもうすぐそこに……。

7

平日は仕事で多忙なうえ最初の週末は祖父を訪ね、二度目は実家で過ごして土曜に母の新しい服の買い物のつき合いと、チェズニーには荷造りする暇などありそうもなかった。やっと暇を見つけてスーツケースに荷物をつめ始めたのは挙式間近の月曜だった。

この土曜の挙式に同意した瞬間から息つく間もない心地になったが、多忙なのはうれしかった。自分がしていることを考える時間はないほうがいい。

過密スケジュールの仕事のほかにもすべきことがあった。月曜の晩に母と電話で話したとき、結婚式の衣装はどうするのともっともな質問をされた。母が買えるならわたしも買えるはずだ。

火曜と水曜の昼休みに大急ぎで買い物をしてまわり、ぴったりのクリーム色のシルクワンピースと揃《そろ》いの七分丈コートを買った。帽子、バッグ、靴、手袋も買い揃えてオフィスに戻ったのは遅かった。

「楽しかったかい？」高級そうな買い物袋や大きな包みを持って首尾よく戻った姿を、ジョエルが開け放たれたドアの向こうから見てたずねた。

チェズニーは買ってきた品々を置き、彼のオフィスに行ってきいた。どうしても笑みがこぼれる。「結婚式には何をお召しになりますか？」

「やめてくれ！　まさかモーニングを着てほしいとは言わないだろうね？」

楽しくなったチェズニーは、突然いたずら心に襲われた。「お願いできますか？」

ジョエルは美しい緑の瞳を見つめた。顔はきまじめだが、いたずらっぽい瞳の輝きは隠せない。彼はしばし見つめてからこたえた。「必要とあらば」

チェズニーはつい屈託のない笑い声をあげた。「ふだんのスーツで間に合いますわ」彼の視線を感じながら、おふざけはもう十分と判断した。今夜も残業で、家に帰ったら荷造りが待っている。

木曜日ジョエルが手紙の口述の途中で一息ついてたずねた。「君のほうは万事順調？」

彼女は驚いた。仕事は仕事、私生活は私生活。公私混同はいけない。

「結婚式のお話ですか？」

ジョエルはすぐには返事をせず、しばし見つめた——最近これが彼の癖になってきたことにチェズニーは気づいた。「僕たちの結婚式の話だ」

「あら、これを私的な話になさるおつもりなら、けっこうですわよ」ふたりとも笑いだした。

楽しいひとときだった。この思い出はずっと忘れないだろうとチェズニーは感じた。やがてジョエルが真顔になった。「万一助けが必要な問題が起こったら、このフィアンセがいるからね」

チェズニーは胸が少しときめいた。彼が自分をフィアンセと呼んだのがうれしかった。土曜からはわたしの夫と思うとまた小さなときめきを感じた。

助けが必要な問題は起きないまま金曜になった。チェズニーは仕事中一息つき、祖父に電話をして結婚式に出席できるか確かめた。「少し……遅れるかもしれんな」

祖父は絶対に遅刻しない。時間にルーズなのは我慢ならないたちだ。「どうかしたの？」

そのときジョエルが入ってきた。話が終わるのを待っている。

「どうもしやしないさ」祖父が請け合った。

「いいえ」チェズニーは静かにこたえ、やさしくきっぱりとうながした。「どうしたのか話して」

祖父はしぶしぶ話した。この週末は線路整備で鉄道が不通になり、乗る列車にも影響が出るという。「なるべく早く行くよ」祖父はほがらかに言った。

チェズニーが電話を切って考え込んでいると、ジョエルがたずねた。「問題発生？」

彼女はほほえんだ。この一週間はてんてこ舞いだったが、ジョエルと働くのは楽しかった。「問題というほどでもないんですが、わたしの荷物を運ぶのは――明日に延ばさなくては」

「明日？　明日は結婚式だよ、忘れたのかい？」

「もちろん忘れていません」あきれた。今週ずっと駆けずりまわってきたのは明日のためでしょうに。

「それならなぜ今夜の計画を変えるんだい？」

「ヘレフォードシャーに行く用事があるので」

「というと？」

チェズニーは彼を見返した。これは仕事には関係ないが彼には関係ある。「祖父の乗る鉄道が週末不通になるので、明日の結婚式に間に合わないかもしれないんです」彼に腹が立ってきて話をやめた。

「それで？」

「それで、わたしは祖父に立ち会ってほしいんです。ふつうの結婚でもないのに筋が通らないのはわかっています。でも祖父は大切な人なので立ち会ってほしいんです」ばかみたいな気がしたが、彼女は譲らず真剣に見つめた。

ジョエルも見つめ返した。「それなら立ち会ってもらえばいい」彼は静かに言ってオフィスに行き、少しして戻ってきた。「明日の朝九時に会社から送迎の車が行くと、おじいさんに知らせてもらえるかな」

チェズニーはぽかんとした。「でも……」

「式には十分間に合うはずだ。帰りも同じ運転手が送っていく」

彼女は唖然《あぜん》としてジョエルを見るばかりだった。

「どうした？　問題を解決できるのは君だけだと思っているのかい？」

まさか。彼女は思わずほほえみ、説明の必要を感じた。「人に迷惑をかけるのが申し訳なくて。ふつうなら祖父は自分で運転しますが、ただ……」

「ただ、おじいさんの車は君のところにある」

わたしが結婚するこの男性は何ひとつ忘れない。「祖父が最近買ったコテージに移りしだい、車は返すつもりです」彼はわたしよりも忙しい。この話はこのくらいにしよう。

「ありがとう、ジョエル」

「今の住所を連絡しておくのを忘れないように」彼は自分のオフィスに向かい、肩越しに言った。「予定どおり今夜、君のお気に入りの荷物係が参上するよ」

チェズニーは仕事をしながら気づくと頬がゆるんでいた。残業で遅い日が多いのに最近は頬がゆるみっぱなしだ。彼のために働く生活も五カ月近いが、今週までこんな屈託のない一面があるとは知らなかった。彼は明日から会長選挙で有利になるので屈託がないのもわかるが、わたしの頬がゆるむのはなぜだろう。彼と結婚するからだなんてとんでもない。

四時半にドアが開き、ジョエルが中に入ってきた。豪華な花束を抱えた会長もいっしょだ。

「騒ぎ立てたくないと聞いたが、結婚を祝福しないではいられなくてね」会長がほほえんだ。

チェズニーはキャビネットに整理しようとしていた書類を置いて近寄り、ほほえみながら花束を受けとった。「ありがとうございます」

「ウィンズロウには内輪の結婚式だと話したよ。だが年内には披露パーティをしようね、ダーリン」彼がそばに来て肩に手を置いたので、チェズニーは胸がどきんとした。

「フローラとわたしを必ず招待してくれたまえよ」会長がまた微笑したので、会長たちをもてなすという考えに怯《おび》えながらチェズニーも笑顔を保った。

「もちろんですわ」それから少しおしゃべりして、ふたりは隣のオフィスに戻っていった。

チェズニーは書類の整理に取りかかり、頭を使わない仕事をしていて気づいた。この結婚には、明日ただ誓いの言葉を言う以上の事情がありそうだ。でもわが社のお偉方を招待するパーティでホステス役を務めるという考えにもしだいに慣れ、最初の怯えは薄れてきた。ジョエルが本気で開きたいなら、神経をすり減らすパーティになりそうだが、一流の人たちをもてなすのに慣れているネリッサに助言をもらえばなんとかなるだろう。

六時半に彼女はミス・コスグローヴとしてオフィスを出た。月曜に戻ったときはミセス・デヴェンポートだと思うとまた頬がゆるむ。ふいに笑みが消えた。結婚なんか絶対にしたくない。でも……ああ、いや。早く明日になって、さっさと片づいてほしい。

会社でいつも会い、二時間前に別れたばかりというのに、その晩彼がフラットを訪ねたとき、チェズニーは不思議なことに気おくれを感じた。有能な態度を隠れみのにして彼を招じ入れた。

「別れてから今までに何があったんだ?」夕方親しく別れたことを彼もはっきりと覚えているらしい。

「ごめんなさい」謝ってすませたかったが、愛する人を突き放すのはむずかしい。歩み寄りたくなる。「わたし……」やはり正直がいちばんだ。「自分でも信じられないし――ばかばかしいと思われるでしょうけど、気おくれを感じてしまって」

ジョエルがまじまじと見た。「僕に?」魅力的な唇に笑みが浮かんだ。「それは新しい状況だね」やさしい口調だ。「だが君の気が変わらないかぎり、僕たちはだいじょうぶだよ」彼が頬を手の甲で撫《な》でたのでチェズニーの胸は高鳴った。それからいつもの〝さあ片づけよう〟精神に戻った。「君の荷物を僕の家に運ぶとしようか?」

ジョエルのアパートメントは彼女の家とは大違いだった。もっといい地域にあり、建物も新しく現代的だ。数ある大きな部屋には足が埋《うず》もれそうな絨毯《じゅうたん》が敷きつめられ、すっきりしたラインの美しい調度品が置かれている。

ジョエルは自分の寝室のドアまで開け、彼女がただの客ではないことを裏付けるようにくまなく案内した。僕の家は君の家だと言うのも同じだと気づき、チェズニーはほのぼのとした幸福感に包まれた。

「君にはこの寝室がいいと思ってね」案内された寝室は、彼の寝室と廊下をはさんだ向かい側のバスルーム付きの部屋だった。「自由に変えてかまわない。もし違うタイプの家具がいいなら……」

「今のままですてきよ」それは衣装用スペースをたっぷり備えた広い部屋で、非の打ちどころがない。

キッチンに行きコーヒーを勧められたが、チェズニーはまた気おくれを感じてきた。今度は有能な態度でごまかす間違いは犯さなかった。

「そろそろ帰ったほうがよさそう」彼女はさらりと言った。明日から二年間ここで――ジョエルと暮らすのだ。どんな家庭になるかしらと思うと動揺し、それを隠すためにたずねた。「どなたがあなたの家をこんなにきれいにしてくださってるの?」

「ミセス・アトウッドという親切な妖精《ようせい》だよ。週に数回掃除を、ときには料理や買い物もしてくれる。僕は簡単な手紙を残しておくだけで、何カ月も顔を合わせないこともよくあるんだ」彼が楽しげに見た。わたしの気持ちを察し、気をまぎらせようとしてくれている。

彼への愛情がどんどん深まってゆく。

フラットの表に車が停《と》まったときはかれこれ十一時だった。チェズニーはまた彼といても気おくれを感じなくなり、それどころか居心地よくなった。これでいいのかしらという土壇場の迷いを吹っ切るために彼をコーヒーに誘いたかった。でも明日結婚するもののふたりは気軽な仲ではない。だから黙って車を降りると、彼が戸口まで送ってきた。

「役場にはお姉さんに送ってもらうんだね？」別れ際に彼は思わぬ障害がないことを確かめた。

「ネリッサがそうすると言い張るので」

「それじゃ、明日」ジョエルは帰っていった。チェズニーは彼に戻ってきてほしかった。突然話したいことが山ほど頭に浮かんだ。

結婚式のあと――食事が終わり、両家の家族が帰ったらどうするのだろう。彼のアパートメントに帰って着替え、ひとりで映画に行けばいい？　それともゴーカート・レース？ショッピング？　ジョエルは肩をすくめ、良書を持ってどこかに引きこもるのかしら。食事はどうするの。わたしはキッチンでサンドイッチを作って食べ、彼はミセス・アトウッドの豪華な手料理を食べるのだろうか。

その夜チェズニーはよく眠れず、目覚まし時計が鳴るずっと前からすっかり目が覚めていた。朝の八時に姉のネリッサから電話があった。「なんだか落ち着かない？」姉が陽気にたずねた。

長年の平静を保つ訓練からすれば、そんな考えははねつけるところだろう……。「図星よ」約束は守るつもりだが早く終わってほしい。

「早めに行くわね」ネリッサが約束した。夫はひとりで行けるくらい大きいから戸籍役場で会うわと楽しそうだった。

言葉に違《たが》わずネリッサはずいぶん早く来た。チェズニーは言った。「コーヒーは？」

「用意はわたしがするわ。今日のあなたは給仕される側よ」コーヒーを飲んでいるときネリッサがたずねた。「何か気になることがあるの？」

どこから話せばいいのか、チェズニーは頭を振った。「自分がこんなふうに――神経過敏になるなんて思ってもみなかったわ」

「あたりまえよ」ネリッサがほほえんだ。「ジョエルに会ったら治るわ」

役場に入ったチェズニーは姉の言うとおりだと知った。ジョエルはもう来ていて彼女の家族やマグナス、彼の母親らしい長身の上品な女性と話していた。まだ見たことのないしゃれたスーツ姿だ。ジョエルはすぐ気づき、まわりに断りを言ってやってきた。ネリッサは夫のほうに歩いていった。

「君は僕を待たせないね」ジョエルはほほえんで彼女の両手を取り、頬にキスした。そうしなければ変に見えるだろうから心構えをしておくべきだったが、チェズニーは身を引き離した。

「ごめんなさい」彼女はすぐにささやいた。

彼は耳元に顔を寄せてやさしく言った。「ぴりぴりしないで。何もかもうまくいくよ」彼は後ろに下がり、クリーム色のシルクの衣装をほれぼれと見まわした。「最高にきれいだ」彼のほほえみを見てチェズニーは急に気分がよくなった。「君の家族にはもう自己紹介したよ。君も自分の家族がすんだら、ぜひ僕の両親に挨拶《あいさつ》してほしい」

チェズニーは花嫁の自覚は持っていたが、実感がわいてきたのは家族それぞれから抱擁とキスを受けたときだった。衣装が大げさすぎないかと心配だったが、こちらの家族だけでなくジョエルの母親も結婚式らしく華やかだ。もし式用に買い揃えなかったら、ひどく貧相な花嫁になるところだった。

チェズニーはジョエルをネリッサに紹介した。祖父は控えめな性格なので、自分から近づき特別に心をこめて抱き締めた。次にマグナスからしっかり抱擁された。「前から娘がほしかったんだ」彼が断言しながら元妻をうかがうように見たが無視された。

ジョエルに紹介された母親のドロシーア・デヴェンポートは温かく挨拶した。「ようやくお会いできてうれしいわ」彼女はみんなのように抱擁やキスはしなかった。そのあとすぐにチェズニーとジョエルは登記係のところに呼ばれた。

結婚式はチェズニーがぼうっとしているうちに進み、求められたときだけこたえた。ジョエルが左手を取り結婚指輪をはめるのを感じた。胸の震えが伝わったのか、彼が一瞬手を止めた。そして瞳の奥を見つめて輝くような笑みを浮かべた。

わたしは彼の妻なのだ。結婚をいやがっていたわりに気分は悪くない。ジョエルが軽く唇を触れ合わせたとき、彼も独身の自由に未練のある様子は見せなかった。「ありがとう」そっと言われたとき、チェズニーはうっとりとなっていた。

「どういたしまして」ふたりは互いの瞳をのぞき込み——笑いだした。

式のあとジョエルが両親から祝福されているあいだ、彼女は家族に囲まれて幸せになってねと口々に言われた。続いてみんながジョエルのほうに移ったので、チェズニーはつかの間祖父とふたりになった。

「幸せになると約束しておくれ」そう言われ、彼女は祖父が結婚式に出ることがなぜ大切だったのかを悟った。愛情はもちろんだが、家族ですばらしい結婚をしたのは祖父だけだ。この日コスグローヴ家の結婚がすべて悲惨な結末を迎えたのではないと知ることが、なぜか彼女には必要だった。

「きっと幸せになるわ」

「おまえも姉さんたちのようになると思うと耐えられんよ」

チェズニーは罪悪感に襲われた。祖父母は理想の結婚をした。祖父はわたしにもそうしてほしいと望んでいる。大好きな祖父にはすべて打ち明けたいが、大好きだからこそ一瞬も悲しませたくない。彼女はほほえんで祖父の頬にキスしてこたえた。「あら、わたしは姉さんたちと違うのよ。知らなかった?」

「当てにしてるよ」祖父も笑い返したときにはドロシーアが待っていた。このジョエルの母親からお祝いのキスを受けるとすぐ彼女を好きになった。

元夫に聞かれないと確かめてから打ち明けられたときにはことに好感を持った。「マグナスには内緒だけど、わたしもずっと娘がほしいと思っていたのよ。そういえばマグナスはどこかしら? さっきはあなたのお姉さまのネリッサをおだてて、来週昼食に連れていかせようとしていたわ」

ふたりがそっとほほえみを交わしたときジョエルがやってきた。後ろにマグナスもいる。

「君とジョエルは幸せになれるよ」マグナスがそう言ってチェズニーの頬にキスした。

「君は息子がつき合っていたほかの女性とは違う――」

「ありがとう、お父さん――」ジョエルがさえぎった。「チェズニーはそんなことに興味はないよ」

「すまん」マグナスがにやりと笑った。「だがね、家族のあいだに隠しごとはしないものだ。そんなことをしたら必ずばつの悪い思いをするはめになる」

内輪の祝宴をするホテルに移ってから、マグナスの言うとおりとわかった。祝宴のなかばにチェズニーの母が夫に小言を浴びせてからマグナスに言った。「この子は職場結婚するとわかっていましたわ。忙しくてお相手を探しに行く暇もないんですから」

〝お相手を探しに行く〟なんて、男性を誘惑するのが生きがいみたいな言い方だ。チェズニーは恥ずかしかった。しかもそれだけでは不足とばかり姉のトニアが話に加わった。

「それじゃチェズニーが結婚すると思っていたのは家族でお母さんひとりね。どんな男性の求婚も受けないと宣言していたものね」

「宣言したあとで突然愛が忍び寄ってきたのよ」姉のロビーナもひとこと口を出した。チェズニーは隣に座っているジョエルの視線を感じた。

「少し赤くなってるよ」彼が小声で言った。

「あなたのお父さまは正しかったわ」チェズニーは彼をちらりと見てハンサムな笑顔に魅せられた。

祝宴のあとふたりで残されたら気まずいだろうという心配は杞憂《きゆう》だった。伝統に従ってさらに抱擁とキスを受けた新郎新婦は真っ先に送り出された。

「この午後特にしたいことはある？」ホテルからの車中で彼にたずねられ、チェズニーは意外に思った。

「そうね、着替えをすませたら荷ほどきをしたほうがよさそう」そのぐらいしか頭に浮かばなかった。

「食事は家でも外でも、君の好きなほうにしよう」役場の結婚宣誓のあとは〝月曜にオフィスで会おう〟かしらという考えはこれで葬られた。

「家がいいわ。当分食べられそうもないけれど」

同じ屋根の下でどうやって暮らしていけるのだろう。ジョエルはどうなのかしら。彼も気まずく感じているかもしれないと気づくと不安はやわらぎ、ガレージに車を入れてからアパートメントに入ったときは、彼に合わせる気にさえなっていた。

まっすぐ自分の部屋に向かったチェズニーは、呼ばれて振り向き、廊下を引き返した。ジョエルが近づき、瞳を見つめて静かに言った。「今日はありがとう。これは僕にはとても大切なことなんだ」

「わかっています」チェズニーはやさしくこたえた。何でも許せる気分だった。

「お返しに僕にできることはあるかな?」誇り高いジョエルは、わたしが望みを口にさえすればなんでも叶《かな》えてくれるだろう。そう思ったとき彼が言った。「もちろん君の銀行口座に手当を――」

「お手当なんかいりません」彼女はむっとした。

「ばかな!」彼の悠然とした態度はかき消えた。「君は結婚して僕の妻になった。だから当然――」

「お金がほしくて結婚したわけではありません」

「そのくらい知っている」彼がそっけなく言った。やがて厳しい表情が消えた。「チェズニー、君はなぜ僕と結婚したんだい?」

彼女の怒りはたちまち消えてパニックが取って代わった。ジョエルは賢く頭が切れる。本心を悟られないようにしなくては。もし身も心も愛していなかったら、彼と結婚したかどうか疑わしいけれど。「まともな個人秘書なら、会長秘書になれるチャンスは逃しませんわ」

彼はきっとこの返事を受け入れたのだろう。顔に明らかに疑問が浮かんでいたが追及はせず、突然口元に笑みを浮かべた。唇に視線を移し、ゆっくりと両手を取って引き寄せた。「ミセス・デヴェンポート、僕はこう思うんだ」チェズニーは少しぼうっとしたまま腕に抱かれた。「今日の日を結婚のキスで確かなものにすべきだと」

唇が重なったとき、チェズニーは見つめていた瞳を閉じた。しっかりと抱く腕もキスも温かい。胸がどきどきして興奮を覚えた。そっと始まったキスが深まるにつれ、抱き締める腕もきつくなった。こんなに彼を間近に感じるのは初めて。体にまわされた腕の固い筋肉や触れている体のぬくもりに圧倒されそうだ。彼を感じ、彼に触れられるのがうれしくてチェズニーはすがりついた。そうしないではいられない。彼の虜《とりこ》になり、重ねられたすてきな唇のことだけを考えながらキスにこたえた。

キスが終わり体が離れて初めてチェズニーは知力をいくらか取り戻した。脚がくずおれそうな状態でどこから思いついたのかクールに言った。「そういえば、手袋を車に忘れたみたい」

ジョエルが驚いて見つめた。キスをしてこんなことを言われたのは初めてなのだろう。そしてなんと爆笑した。瞳が生き生きと輝いている。「わかってるかい、チェズニー？君とはとても楽しく暮らせそうだよ」

彼女は内心にっこりしたものの、ひとことも言わず背を向けて歩きだした。どうか自分の部屋までは脚が持ちこたえられますように。

8

結婚して二週間経《た》ったとき、書類上の夫婦であってもふたりの関係が微妙に変化したことにチェズニーは気づいた。考えてみると挙式の日に結婚のキスを求められたときから変わり始めた。

どこがどうとは説明できないが、今までどおり彼のためにてきぱきと職務を果たすものの、会社を離れるとその関係はなくなる。でもどういう関係なのかはよくわからない。友だち？　そうかもしれない。ジョエルはいつも親切で思いやりがある。わたしが大きな譲歩をして彼の家に移ってきたと考えているようだ。

といって会社以外でよく顔を合わせるわけでもない。長年ひとり暮らしをしてきたジョエルも、自分の家に人を住まわせるのは譲歩だったにちがいない。チェズニーはなるべくじゃまをしないように、彼と過ごしたいときもよく自分の部屋に入った。

「ここにいていいんだよ」彼に言われたのはつい昨夜のことだ。一日の仕事で疲れきったあとで、彼は仕事を兼ねた夕食会に出席しなくてはならなかったが、意外に帰宅が早かった。

「わたし……」彼女は最近ではおなじみの気おくれを感じて口ごもった。「ひとりが楽しいのよ」

「今日はもう顔を見るのもうんざりだと言いたいのかい?」

むっとした声だ。けんかを売る気かしらと思ったが、愛する彼と諍《いさか》いはしたくない。

チェズニーはほほえんで言った。「おやすみなさい」

この土曜の朝は晴れ渡っていた。祖父は月曜に新しいコテージに移るので、もう延ばせない。どうしても自分の車を買わなければ。ジョエルは出勤時間が早いし、夜遅くまで残業したり、夕方から会議に出たりすることもある。毎日乗せてもらうのはいかにも情けない。自分の車が必要だ。

朝食の用意をしにキッチンに入ると、ちょうど食事を終えた彼がいた。「おはようございます」チェズニーはほがらかに挨拶《あいさつ》した。会えたうれしさで、いつも見せているクールな態度を忘れていた。そういえば最近はほとんど見せていない。でも彼は結局は家族だから、いいとしよう。

「よく眠れたようだね」ジョエルが気軽に言った。

「ベッドの寝心地がとてもよくて」心が浮き浮きしている。彼女はパーコレーターに近づきながらたずねた。「コーヒーのお代わりはいかが?」

「書斎にカップを持っていくよ」

　こうして一日が始まった。同じ屋根の下でふたりはうまく暮らしていると言えそうだ。

チェズニーは中古車を探しに行き、手ごろな車を見つけたが決心がつかなかった。よく考えて月曜の昼休みにもう一度見に行くことにした。

「今夜特にしたいことがあるかい？」帰宅して居間に入ると、ジョエルがたずねた。

「わたし、間違っていたかしら？」

「何が？」

「女性とつき合わないという条件のこと」

　彼がにやりと笑ったのでチェズニーは胸がどきんとした。「僕が妻と外出したいのは退屈しているせいだと言うのかい？」

「妻と外出したい？　だから好きなのよ。」チェズニーは笑った。「人使いの荒いボスで休む暇もないんですもの。週末は丸くなって読書したいわ」

　断らなくてもいいのにと早くも自分を責めながら部屋に戻った。少しくらい彼と楽しんで何がいけないのだろう。これから二年間、週末はいつもひとり読書して過ごすつもり？

まったく。

　でも彼への愛は日に日に深まるばかりだ。もしこの愛に気づかれたら暮らしていけない。

彼は気まずくなるだろうし、わたしは屈辱に震えることになる。すでにわたしのガードは崩れたも同じだ。会社では気持ちを隠せても家ではてきぱきした態度は影をひそめ、やさしい面を見せている。彼を愛していることを悟られたらと思うと怖くてたまらない。

日曜の朝ジョエルが書斎にいるとき電話が鳴った。彼がすぐ取らないのは仕事で手が離せないのだろうとチェズニーは電話に出た。マグナスからで、ジョエルにべつに用はないが寂しいという話だった。

チェズニーがスーパーマーケットから戻ると彼が書斎から出てきた。手に持っている三つのビニール袋を一瞥《いちべつ》した。「何か切れていたかい？」

「お昼に――あなたのお父さまを招待したの」口早にこたえると彼がおもしろがっている顔をした。

「つまり父から電話があり、かわいそうな話にほだされたわけだ」ジョエルはすぐに状況を見抜いた。

「よかったらごいっしょにどうぞ」チェズニーはどちらでもお好きにという調子で言った。

「冷凍庫にはない家庭料理だろう。仲間はずれにしようとしてもそうはいかないぞ」

楽しい昼食になった。いつまでも忘れられない思い出になりそうだ。ジョエルは父親に幻想は抱いていないが、妻が家庭に招いた客として父親をもてなした。それがチェズニーにはうれしかった。

月曜から仕事は大忙しのうえ、急に決まった翌日のグラスゴー出張の手配で追われた。

仕事に夢中で自分の車のことなど考える暇すらなかった。

火曜日はジョエルの車で空港に行った。車中では仕事の打ち合わせを行い、機上では書類を分け合って読んだ。チェズニーは自分がこの新規開発事業に必要な人間だと実感し、ほかのところでは働きたくないと思った。

グラスゴーのホテルでフロントの男性が予約していた部屋の鍵《かぎ》を渡そうとしたときジョエルが止めた。

チェズニーとフロントの男性が驚いて見ると、ジョエルは少しもあわてず言った。「ミス・コスグローヴはうっかりしていたようだ」顔は彼女を向いていてもフロントの男性に話している。「二週間前に僕たちは結婚したんだ」そしてフロントの男性に向き直った。「妻も僕のスイートに泊まるよ」

チェズニーはすぐに自制し、フロントの男性が彼にお祝いの言葉を言っているあいだ、微笑を絶やさなかった。エレベーターで上がるときはほかの客もいて、気持ちをぶつけるわけにいかなかった。

「なぜあんなことをしたんですか?」スイートに入ってドアを閉めるなりチェズニーは問いつめた。

「何が問題なんだ?」彼はにこりともしない。

「わたしだけの部屋のほうが気が楽だわ」

「君だけの部屋はあるよ。このスイートには寝室が二部屋あるからね」子どもに話すような辛抱強い口調だ。たしかにこのスイートは大きいが、ふたりで泊まり、フロントに夫婦だと話すのはなぜか親密すぎる気がした。チェズニーが強情ににらんでいると彼が続けた。

「それに僕たちが部屋を別にしているという話が、取締役会に伝わると困る」

「どうして伝わるんです?」

「君が忘れ物をし、ホテルからロンドン本社にシングルの部屋にあったと連絡するだけで伝わるよ」

それはそうだ。ほかにいくつものシナリオが考えられる。チェズニーはうんざりしてぼやいた。「何もかも考えているんですね」

「そのとおり」これには笑ってしまった。チェズニーの晴れやかな顔を見て彼が腕を肩にまわし、ぎゅっとつかんだ。「さあ行こうか。遅れそうだ」

彼女は旅行バッグをその場に置き、会議に出かけた。車ですぐなので平静心を取り戻す間もない。分別がなければ、肩をぎゅっとつかんだのは愛情の表れだと勘違いするところだった。

会議に入るとチェズニーは仕事に専念した。昼にサンドイッチを食べたあとまた会議は続いた。五時にジョエルから、ホテルに戻り明朝必要な資料を入力したらと勧められ、先に会議を抜けた。ホテルに戻る車中、朝の諍いの楽しい部分を思い起こした。

彼が肩をつかんだのは愛情表現ではない。恋にはほど遠いが好感は持っているはずだ。そうであってほしい。それにわたしを信頼している。極秘事項にかかわる個人秘書には信頼がすべてだ。信頼？　好感？　その両方だ。たとえ会長職を獲得する方便でも、彼は嫌いな女性と結婚するような人ではない。

満足できる考えに達したときホテルに着いた。チェズニーはスイートに上がると臨時のオフィスを作り、入力に取りかかった。一時間ほどしてふと考えた。ジョエルが戻ってまず望むのは飲み物かシャワーだ。シャワーはわたしも浴びたいけれどバスルームはひとつしかない。わたしが今浴びておけば、彼が戻ったときバスルームを自由に使える。

いったん仕事をやめて小さいほうの寝室でコットンローブに着替え、化粧ポーチを持ってバスルームに行った。髪がぬれたついでに髪も洗った。

十五分後には部屋に戻り、髪を乾かした。仕事用の服をまた着るのはやめて、おしゃれだけどカジュアルなロングスカートとトップにしよう。

化粧水をつけパウダーと口紅で軽くメークもした。さっぱりした気分で部屋を片づけていて化粧ポーチを忘れたことに気づいた。彼が入るときバスルームに物を散らかしておきたくないので取りに行った。

大きなバスルームにさっと入ったとたん足が止まった。ジョエルが入っている。バスタブから出てきたばかりで一糸も身にまとっていない。

小さな悲鳴を聞いて彼が振り向いた。チェズニーは真っ赤になり、顔だけを見ながらあとずさった。

彼が裸でも平気らしいことは混乱した頭でもわかった。タオルを腰に巻いたのは、わたしが真っ赤になったからとしか考えようがない。

「顔が真っ赤だよ」彼の顔に驚きが広がった。「裸の男を見たのは初めてかい？」

「いつも目をつむってますから」彼女はかすれた声でこたえ、こわばった足で回れ右をして離れた。

ジョエルが服を着て出てきたときにはやや平常心が戻っていた。きまりが悪くてたまらない。彼には少しもあわてた様子がなかったが、チェズニーはまだつま先まで赤みが消えない心地だった。

彼はさっきのことには触れないでチェズニーに時間を与え、彼女の打つノートパソコンを肩越しにのぞき込んだ。それからふたりは黙って仕事を続け、八時過ぎに彼が言った。

「すぐ何か食べないと、僕のおなかは、口がストライキ中かと思い始めるよ」

前のようにスイートで食べようと言われなかったので安堵《あんど》した。彼のプライバシーを侵害した不幸を受け入れるしかないとわかっていても、まだあまりにも生々しい。

「鍵は持ってるよ」チェズニーがスイートに入るとき使った鍵を手に取ったとき彼が教えた。

「わかったわ」ジョエルはフロントでスペアキーをもらってきたのだろう。わたしがドアを開けないと入れなかったら、バスルームでの鉢合わせは起こらなかった。おかげで彼女は何もかも頭から追い出すかと思えば、まざまざとよみがえらせるありさまだ。

ダイニングルームでチェズニーは彼の向かい側の席に座った。メニューを考えている最中、また彼のすばらしい裸身が脳裏に浮かんだ。最初に目に入ったのは後ろ姿だった。広い肩、完璧《かんぺき》なヒップ、まっすぐ伸びた脚。彼が振り返った瞬間、目が釘《くぎ》付けになり、すぐに視線を上げて顔だけを見つめた……。

「何をぼんやり考えているんだい？」

まるでわたしの考えが読めるようだ。チェズニーは頬を染めた。「たいしたことじゃないわ」さらりとこたえ、それですんだのでほっとした。ほかの話をして、胸毛がぬれて黒ずんでいた胸のことは考えないように努めた。

ジョエルが突然たずねた。「なぜだい？」

「べつにいいでしょう」なんの話かわからないままチェズニーは言い返した。でもこれは返事として通らなかったらしい。

彼は作戦を変えた。「君は冷感症には見えない」ジョエルは知りたいと思ったら知らずにおかない。

「あたりまえです」

「だが君は服を脱いだ男を見たことがなかった」

「やめてください。わたしの正体を暴くおつもりですか」もうやぶれかぶれだ。認めるしかない。

けなげに視線を合わせたものの、心が震えた。ふいに彼のまなざしがやさしくなった。

「悪かった。また気まずい思いをさせているね。君には驚かされてばかりだよ」彼はほほえみ、やがてすばらしい笑顔になった。「用心しないと男は君に夢中にされてしまう」

チェズニーは気が遠くなりそうだった。彼がにっこりするだけでぼうっとなる。でもあくまで平然と応じた。「あなたもご用心。一年もしないうちにお別れですものね？」

「お別れなんてとんでもない」彼がぎょっとした顔をしたのでチェズニーは目を丸くした。別れたくないんだわと胸を躍らせるより早く彼が言い添えた。「君はじつにすばらしい個人秘書だ」彼女は懸命に本心を押し隠した。ジョエルが失いたくないのは妻のわたしではなく〝じつにすばらしい個人秘書〟なのだ。

「いずれ離婚することは覚えてらっしゃるわね？」

チェズニーが念を押すと、悔しいことに彼は安心した顔になった。「そのつもりだとも」やけにむきになっている。その晩、寝ながらチェズニーは彼のすばらしい裸身を見たときのことを再び思い浮かべた。わたしは心から彼を愛している。その愛には彼に抱かれ、愛され、愛を交わしたいという望みもまじっている。それは叶《かな》えられないから、そんな望みは忘れてキャリアに専念したほうがいい。

翌日の午後はロンドン本社に戻れたのでうれしかった。その晩チェズニーが帰宅すると、珍しく先に帰ったジョエルが廊下に出てきた。

「君に見せたいものがある」

「何かしら？」

ジョエルはこたえずにチェズニーの腕を取り、彼女が祖父の車を停《と》めたばかりのガレージがある建物をまわり、反対側に並んでいるガレージのひとつに連れていった。

「持ち主がウェールズ旅行に行っている一週間だけ借りたんだ」彼は腕を離してガレージを開け、狐《きつね》につままれたように立ちつくしているチェズニーを案内してたずねた。「どう思う？」

真新しい最高級のスポーツカーの感想を求められているらしい。「すてきだわ」

「君が運転してロンドンを走り、駐車場を探すのに小さめの車がいいと思ってね」

彼女はびっくりした。「わたしがこれに？」

「そう願っている。君の車だよ」

「わたしの？　でも……」言葉が出てこない。

「君のものだ」

「そんな……」

「反対されると思ったよ。気に入らないだろうと自分に言いきかせたんだ。手当を出そうとしたら大騒ぎしたから今度もそうだとね。だがこう思った。それはそうでも未来の会長の妻がおじいさんの車で走りまわっているのを見られたら困るとね」チェズニーは彼を見つめた。ジョエルにはそんな俗物根性はない。妻がどんな大衆車に乗ろうと気にする人ではない。「君のおじいさんもお気の毒だ。早く車を返してほしいと思ってらっしゃるよ」

わたしに何ができるだろう。これは反対を見越しての行動だ。チェズニーはこみ上げたプライドを抑えた。いずれ返すときに愛着を持ちすぎていないことを願うばかりだ。彼女はほほえんだ。「ありがとう。美しい車ね」ジョエルには思いがけない返事だったらしい。チェズニーはもうひとつ思いがけない贈り物をした。つま先立って彼にキスをしたのだ。ジョエルはとっさに彼女のウエストをつかみ、瞳を見つめた。そしてふたりは離れた。

「さあ、ためしてごらん」ジョエルが車のキーを渡した。

二日後にはチェズニーは新車に慣れ、愛着を感じてきた。気に入らないのはスコットランドから戻ってから彼への気持ちを抑えられなくなってきたことだ。親切で物惜しみしない彼を頭から追い出せなくて、いつも本心を隠さなくてはならない。心が張りつめ、まともな状態になりたかったらほんの二時間でも離れるしかない。

土曜の朝食のときキッチンで彼と会った。先週の土曜日に〝週末は丸くなって読書したいわ〟と言ったので、からかいまじりに言われた。「本は十分あるかい？　もしないならふたりで美術展に――」

「そろそろ祖父に車を返さなくちゃ」

「ヘレフォードシャーに行くのかい？」ジョエルはトーストの用意をしている彼女をちらりと見た。

「祖父は先週の月曜に新しいコテージに移ったの。もうガレージの問題は解決したのよ」

「帰りはどうするんだい？」

週末の鉄道整備がまだ続いているかもしれない。「もし今日帰れなかったら、一晩泊まって明日の朝早く出発するわ」チェズニーはほほえんだ。彼だけにからかわせておく手はない。「ご心配なく。月曜九時きっかりにはデスクにいると約束するわ」

彼女は念のために旅行鞄《かばん》を車に積み、ロンドンをあとにした。例によってジョエルのことを考えながら。美術展の誘いを断ったので気を悪くしたみたい——まさか。新婚三週間の夫婦がもう母離れて過ごしていたら、もし彼の母親か誰かが電話をかけてきたとき不審に思われるから気を悪くしただけだ。どのみち彼ならなんとかできる。

その点チェズニーは怪しかった。喜んだ祖父から抱擁とキスを受け、真っ先にこうたずねられたときには。「ジョエルはどこだね？」

「ジョエルは月曜のための急ぎの仕事があるのよ」祖父に嘘《うそ》をつくのがいやでたまらない。でもジョエルは結婚のほんとうの理由を誰にも知らせたがらない。いちばん大切な彼がそう望んでいるのだから、大好きな祖父にも結婚の秘密は明かせない。

祖父はほとんど引っ越してきたままの状態で、必要なときに荷物から出して使っている。チェズニーは本腰を入れて荷物の整理を始めた。

二時間ほどで相当な数の梱包《こんぽう》ケースを開けたが、まだ物につまずかないでは歩けない。倉庫の家具調度は残らず運び込まれ、結婚生活の思い出の品々を一点も手放したくない祖父には、一軒どころか三軒分の家具があることがすぐわかった。

「おばあさんはその古いドレッサーを愛しとったよ」チェズニーが通り過ぎようとして向こうずねをぶつけたとき、祖父がいとおしそうに言った。

「きれいだわ」ここは祖父の家だ。小さな居間に大きな三点セットやさまざまな椅子を置いたまま暮らしたいのかどうかはいずれ祖父が決めることだ。

「帰りはどうする？」祖父は孫娘が公共の乗り物で帰るしかないことに突然気づいたらしい。

チェズニーは部屋を見まわした。がんばって片づけたのにまだごみ捨て場みたいだ。ジョエルがいる家に戻りたいが、こんなにたいへんな作業を初老の祖父ひとりにまかせて帰れない。

「装飾品を全部飾ったら、パブのブルで夕食にしない？　ロンドンには明日帰るわ」

「泊まるのかい？」祖父は怪訝《けげん》そうな顔つきだ。

「名案だと思ったのに」彼女はからかった。

「ジョエルとはすべてうまくいっているのかね？」心配そうだ。結婚式の日、わたしまで姉たちと同じ結果になると思うと耐えられないと言われたっけ。ふつうの結婚と違うなんて、特に祖父には言えない。

「万事順調よ。わたしたちは昼も夜もいっしょなの。彼はひとりの時間ができて喜んでいるわ」チェズニーは明るく笑ってみせた。

祖父は納得しないまま微笑し、ベッドの支度をしておいでと言った。おいしい紅茶を用意しておくと。

予備の寝室は足の踏み場がほとんどなかった。大きなダブルベッド、衣装だんす二点、鏡台と積まれた椅子、フロアスタンド二点、書物二箱と雑多な荷物。彼女は家に帰りたかった——ジョエルのもとに。

夜の七時にはコテージは見違えるようになった。せっせと働いたから祖父も休憩したいにちがいない。

「そろそろパブに行く？　残りの箱は、明日帰る前にわたしが片づけるわ」

彼女はパブで食事をしながら、ジョエルは何をしているかしらと考えた。ミセス・アトウッドが冷凍庫に作り置きしているパイやキャセロールのどれかで食事の用意をしているのだろうか。もしかしたらあとで食事に出かけるのかもしれない。もしかしたら……。嫉《しっ》妬《と》が胸をよぎる。いいえ、彼にかぎって。女性とはつき合わない約束だ。でも今夜どうやって息抜きをするのかしらと思わずにいられない。相当働いたにちがいないのだから。パブを出たとき時刻はまだ早かった。祖父の新しい家まで近いのでふたりは歩いて帰った。角を曲がりコテージが見えたとき、彼女の心臓はおかしくなったように打ち始めた。表に停まっているあの車は……。

ジョエルはバックミラーで見ていたにちがいない。運転席側のドアが開き、背が高くハンサムな彼が降りてきたのを見て彼女の胸は躍った。

「ジョエル！」チェズニーは歩きながら呼びかけた。どうしても声に笑みがまじった。

「帰りの足が必要だろうと思ってね」ジョエルは彼女の唇に軽くキスすると、祖父を振り向き手を差しだした。「ミスター・コスグローヴ」

「思ったより早く仕事が片づいたんだな」ルーファス・コスグローヴが言った。

ジョエルにはなんの話かわからないだろうと彼女は思った。今の軽いキスで頭から足先までぞくぞくしている。でも、さすがの彼は微笑してこたえた。「チェズニーがいないと同じ家とは思えなくてね」

祖父はそれを聞いて喜んだ。「だから迎えに来たのか」なんとも幸せそうだ。「チェズニーは今夜泊まるつもりだったんだ。ふたりで泊まったら？　ロンドンに急いで帰る用事でもあるのかね？」

「いや、ありません」ジョエルはそうはこたえたものの、チェズニーが水入らずで過ごしたいのではと考えたらしい。「ご迷惑をかけたくないので、僕は近くのホテルに泊まりますよ」

「それは承知できん。なあ、チェズニー？」

そんなことは問題外――でも、そうするしかない。「もちろんジョエルもいっしょに泊まるわ」どうしようもない。祖父には打ち明けられない。がっくりするだろう。「夕食はすんだの？」彼女は愛情深い妻らしくたずねた。困った状況だけど、わたしより頭のいい彼に希望を託そう。そう考えてパニックはやわらいだ。彼なら結婚に不審を抱かれないでこの状況から抜け出す策を見つけるだろう。

「ここに来る途中で食べたよ」ジョエルはそう言ってほほえんだだけだ。チェズニーは再びパニックに陥った。この家には寝室が二部屋しかないことに気づかなかったのかしら。

祖父は庭の門に向かっている。

コテージに入ると祖父は新しい歯ブラシとパジャマを捜し始めた。考えてみれば寝室が三室あっても別々の寝室は使えない。祖父に怪しまれてしまう。チェズニーは気持ちを隠してほほえんだ。

「部屋は少し散らかっているが」祖父が彼に説明している。

「月曜に引っ越されたばかりですからね。そうすぐにはすべての置き場所は決められませんよ」

ジョエルはどうしてこんなに平然と気楽に話せるのだろう。名目だけの妻と同じ寝室に泊まるのは取るに足らないことみたいだ。わたしは彼と同じ部屋で眠るなんて考えられない。まして同じベッドでは。でもあの足の踏み場もない部屋ではほかに寝場所がない。同じベッドで眠るしか……。

ジョエルと祖父は気楽に話している。わたしがよそ者みたいだ。彼女はキッチンで飲み物の支度をした。明日の夜明けまでここにいてもいいが、夜中に起きる祖父の癖がやんだかどうか疑問だ。夜中の三時に紅茶をいれに下りてくるかもしれない。

「今日は長い一日だったな」祖父がカップの紅茶を飲み干して立ち上がった。

「まったくです」ジョエルも立ち上がった。

チェズニーがカップと受け皿をトレーに載せていると、祖父が申し出た。「よかったら浴室の場所を教えよう。それから今夜泊まる部屋も」

「先に上がってもいいかい？」ジョエルがたずねた。

まじめに言っているのかしら。表情は穏やかだが目は違う。なんと彼はおもしろがっている。

「洗いものは少しだから、長くはかからないわ」チェズニーは甘い声で約束した。

長くはかからない？　ディナーの洗いものでも引き受けたいところだ。それでも階段を上がる心の準備はできないだろう。でもどうしようもない。思い悩みながら彼女は旅行鞄を持って二階に上がった。

まだジョエルがいるあの寝室には行けない。目の前で服は脱げない。彼女はバスルームに入り旅行鞄を開けた。服を着たまま寝たいけれど、朝食の席で服がしわくちゃだと祖父に指摘されるのもいやだ。

チェズニーはシャワーを浴び、短いコットンのナイトドレスを着て、気にしないようにしようと懸命になった。会社で数々の難事に対処してきた、あの沈着冷静な精神さえ見つかったらいいのだけれど。

コットンローブをはおりながら、違うのはこれが仕事上の難事ではないことだと思った。男性とベッドをともにするのは初めてなので、それを目前にしてひどく怯《おび》えている。沈着冷静とはほど遠い心境だ。

そういう意味で彼とベッドをともにするわけではないと胸に言いきかせ、やっとバスルームから出た。そして彼はわたしのよく知っている好きな男性だと言いきかせると、彼がいる寝室に行くことができた。

ドアを開けて心が沈んだ。明かりは消えているかもしれないと期待していたが――ついている。ジョエルはもう眠っているかもしれないと期待していたが――どう見ても起きている。

胸が木の葉のように震えている。ベッドをちらりと見て、彼が祖父のパジャマの上を着ていないのに気づいてますます動揺した。ズボンのことは考えたくない。彼はベッドに身を起こしている。思い切ってもう一度見ると、祖父のスリラー小説を読んでいたらしい。彼が礼儀正しく本を置いたとき、チェズニーは胸毛のある広い胸をひそかに見ているという親密な雰囲気に圧倒された。ありがたいことに彼はベッドの片側に座り、横を広く空けている。

「わたしにかまわず読書を続けて」彼女は精いっぱい冷静に言って目をそらせ、見られていないことを願いつつ急いでローブを脱いでベッドに入った。「きく機会がなかったけれど……いびきをかく？」

信じられないことに彼は笑いだした。わたしが何かおもしろいことを言ったかしら。まるでこの状況が滑稽《こっけい》で、リラックスできるみたいだ。

「いびきで文句を言われたことはないよ」彼がさらりとこたえると、チェズニーはますます神経を尖《とが》らせて座り、上掛けを顎まで引き上げた。横になることすら考えつかなかった。

「君はクールだね」

クールだなんて。彼女は横目でちらりと見た。ジョエルは裸に近く、わたしはナイトドレス姿だけれど、この状況を利用する気配はまったくない。

「ごめんなさい」ふたりで泊まると決まってから初めて彼女は緊張がやわらぐのを覚えた。

「こんなことにならないようにできたはずなのよ。ただ……」

「ただ?」

「ただ祖父もわたしを愛してくれていて、結婚をとても重く見ているの。結婚式の日、幸せになると約束してほしいと言われたわ。わたしの結婚まで姉たちと同じ結果になると思うと耐えられないって」

「それでおじいさんの気持ちを考えて、僕と夜をともにする覚悟をしたのかい?」

チェズニーは彼の瞳をのぞき込んだ。「わたしたちは友だちよね、ジョエル?」

彼は緑の瞳をじっと見つめ、しばらくしてこたえた。「そうあってほしいと思っている」

チェズニーはにっこりほほえんだ。「ありがとう。もちろん祖父にも離婚を知らせるしかないけれど、少しずつ心の準備をしてもらえるようにするわ」彼女は横になりそっと言った。「おやすみなさい」

返事は長いあいだ返ってこなかった。やがて静かな声がした。「おやすみ、いとしい人《マイ・ディア》」

そしてジョエルは明かりのスイッチを消した。

チェズニーはなかなか眠れなかった。マイ・ディア? 祖父に聞かせる愛情表現が癖になったのかしら。それとも友だちはそういう温かい親しみをこめた呼び方をするのだろうか。友だちであってほしいと彼は言った。チェズニーは胸が躍った。友だちというからには好意を持っている。好意は愛ではないけれど、この結婚が終わっても友だちでいてほしい。

しだいに考えにとりとめがなくなった。チェズニーは寝返りを打ちたくてたまらなかったが、彼の体に当たってはいけないと思い我慢した。わたしは今彼と同じベッドに寝ているのだ。彼はホテルに行くと言い張ることもできた。もちろん結婚したのは彼のためだ。でもわたしは彼を愛していなかったら結婚しなかった。彼がそれを知ることはないけれど。

ふいに眠気に襲われた。チェズニーは眠りながら体の位置を変えたい衝動に負けた。眠りに落ちてから数時間身動きをするたびに、磁力で引き寄せられるように愛する男性に近づいていった。

夜明け過ぎにチェズニーは目覚めた。まぶたを開けると自分のうちのものではない柄物のカーテンが目に入り、一瞬ぎょっとした。ここはどこ？　なぜここにいるのだろう。いっしょに寝ているのは誰？　わたしの枕《まくら》は？　ジョエルに抱かれている……。

夜のあいだに彼の領域に入ってしまったにちがいない。チェズニーはパニックに襲われ身動きした。ベッドから飛び出そうとしたのかもしれない。

すると軽く抱き締められた気がした。このままでいなさいと。錯覚かどうかはともかくそれに従った。

ジョエルが目覚めているのかどうかはわからない。でもふたり寄り添い、ゆったりと寝ているのは――すてきだった。こんなすてきなひとときを動いて台なしにはできない。

抱かれていると安心感を覚え、髪にキスされた感触があったときには愛されているとすら感じた。

髪にキスだなんてばかばかしい。彼に抱かれているのはすばらしいけれど、もう起きなくては。もっとひどい想像をする前に。

動きかけたとき、抱いているジョエルの腕がかすかに緊張するのを感じた。このすばらしいひとときを終わらせたくないというように。もはや彼女は体を動かす気力はありそうもなかった。

「わたし……」チェズニーはかすれた声で言った。「男の人とベッドをともにしたのは初めてなのよ」

彼の動きが止まったようだ。目が覚めているにちがいない。静かな声がした。「どんな意味でも？」

顔を見たいけれど、このすばらしいひとときを壊すのが怖い。「わたしって変わっていると思う？」

「話さないでほしかったと思うよ」

「なぜ？」

「手が出せなくなった」笑いを含んだ声だ。

チェズニーも笑いたい気分だった。こんなふうに並んで寝ているのはいい感じ――夫婦みたいだ。「すてきな日曜の朝、妻に言うにはあんまりなせりふね」考えもせずに応じたものの、彼の胸が震えて笑い声が聞こえたときはほっとした。

「君の何なんだろうな?」チェズニーが困惑して返事ができないでいると彼が説明した。

「君はこっちへ跳ぶだろうと予想していると――予想がはずれて驚かされてばかりだ」

「わたし、何か言ったかしら?」ジョエルは横向きになって肘をつき、ほのかに染まった彼女の顔をのぞき込んだ。

「君はどうしてそんなにきれいなんだ?」

彼女の瞳にやさしい光がまたたいた。鼓動が速まり、たちまち頭が働かなくなる。「わたし――何を言ったのかしら?」

ジョエルがやさしくほほえんだ。「今? 君はバージンだと告白したも同じだよ」彼の顔が迫ってくる。「そして僕を……誘った」触れ合いそうになったとき、ささやいて唇を重ねた。

すばらしいキスだった。やさしく求めている。今までとは違う特別なキス。ジョエルは顔を上げ、抗議を予想するかのように瞳をのぞき込んだ。だがまたも予想ははずれ、抗議の色はなかった。

「すてきだったわ」チェズニーはほほえんだ。

「君ときたら」うなるように言いながら、彼もほほえんで引き寄せた。

「まあ、ジョエル」彼女の声が少し震えた。

「怖いかい?」

チェズニーは頭を振り、もう一度キスしてほしくて思ったままこたえた。「もっと……知りたいわ」それは息もつけないキスで報われた。

そのあとジョエルは身を引き、美しい緑の瞳を見つめた。もっと知りたいと思っている彼女に満足したようにささやいた。「なんてあまやかな人だ」次の瞬間、チェズニーは真のキスを知った。舌に唇を愛撫《あいぶ》され、彼の腕の中で身も心も震える心地がした。

彼を愛している。そして彼にかき立てられた快感も。もう押しのける力はなく、背筋を撫《な》でられ抱き寄せられたとき、押しのけたいとも思わなかった。

でもキスのさなか突然押しのけたのは彼のほうだった。唇をもぎ離して苦しげに言う。

「だめだ」

「だめ?」いったいどういうことかしら。

「やめなくては」絞り出すような言い方だった。

「やめる?」まるで頭が働かない。ジョエルは体を離してすばやくベッドの横に移りズボンをつかんだ。

チェズニーは唖然《あぜん》として彼を見つめた。

「最初のレッスンはこれで終わりだ」ジョエルは歯ぎしりせんばかりに言い、一気にズボンをはいてシャツを着たかと思うと部屋から出ていった。

9

ロンドンへの道中はプライドだけがチェズニーの友だった。ジョエルのそっけない沈黙から、プラトニックな境界を越えてしまった後悔がひしひしと伝わった。いくら門の中に招かれたとしても、と考えているらしい。悔しいことにそれは否定できない。

でもロンドンに着くころには少し腹が立ってきた。姉たちは夫と何日も口をきかないような結婚生活を送っている。だからこれがふつうの結婚でないのはけっこうな話だけれど、姉たちがたどった道とも言えない道を歩むつもりはない。

アパートメントに入りジョエルが書斎に行こうとしたとき堪忍袋の緒が切れた。それでもチェズニーはどうにか落ち着いた声で呼びかけた。

「ジョエル」振り向いた彼の無表情な顔を見てひるんだが我慢できない。「あの——セックスなどのことで、取り決めができたらと思って。わたしがあなたのベッドに入らないと約束したら、あなたも次のレッスンはしないと約束してくださる?」

彼は笑いはしなかったものの唇をぴくぴくさせたのはたしかだ。「まただね」彼の言葉にチェズニーはいぶかしげな顔をした。「予想がはずれた。きっと君はこの話題をいやがって避けると思っていた」

腹立ちは消え、チェズニーのほうが笑いだした。仲直りだ。もう何も言わず彼女は向きを変え、視線を感じながら軽やかな足取りで自分の部屋に行った。

その日はあまり姿を見なかったが、翌日ジョエルが彼女のオフィスにやってきて仕事の話をし、午後からグラスゴーに飛ぶと伝えた。

「スケジュールにはなかったわ」チェズニーの心は沈んだ。彼は同行してほしいと言ってくれない。

「たぶん二、三日あっちにいるだろう」そのあと彼はほかの話をした。数日会えなくても気にしていないのは一目瞭然《りょうぜん》だ。それはわたしも同じこと。

なんて嘘《うそ》つきの自尊心だろう。彼のいない夜は果てしなく長かった。彼がいる部屋には長居しないようにしていたけれど、同じ屋根の下にいると知っているだけでこの胸の愛は慰められた。

二年先の彼のいない人生は想像がつき、それが気に入らなかった。チェズニーはみずからに厳しく説教した。テーマは〝初めから続かないとわかっている彼に深入りしないこと〟だ。

彼女はようやくベッドに行き、横になったまま決心した。これからは感情をまじえないようにしよう——ふと彼のキスがよみがえり、すばらしい喜びにうっとりして時を忘れた。もちろんあのキスは〝一度きり〟で二度とない。ふたりは個人的な関係になったわけだけれど、人間だから結婚した日に厳密な上司と個人秘書の関係ではなくなっていた。

でも彼があの親密なひとときを後悔しているのは明らかだから、これからは会社を離れたらなるべくよそよそしい態度をとろう。ヘレフォードシャーから戻って以来あまり彼と会っていない。彼はどう見てもそれを望み、会わなくても問題はないらしい。

翌日出勤するときにもまだ〝よそよそしい態度〟をしようと考えていた。十一時ごろ電話があり、ジョエルの声と知るやそんな考えはすっと消えた。

「君が——必要なんだ」気をそそられる誘いかたではないけれど鼓動が速まった。「アイリーン・グレイにあとを頼んでいたら早い便は無理だな。ヒースロー発一時半の便にするといい。今日のだよ」彼はそう言って電話を切った。チェズニーは受話器にしかめつらをしてから笑顔になった。〝よそよそしい態度〟はもう終わり。これから彼に会いに行くのだ。

ヒースロー空港には時間ぎりぎりに着いた。搭乗して席に着いたとき、遅れてきた客が隣に座った。相手は驚いて見直しほほえんだ。

「チェズニー・コスグローヴじゃないか！」

「フィリップ！」彼女もびっくりし、うれしくて笑みを返した。

「君がグラスゴーに行くと知っていたら、大急ぎで走ってきたのに」そして結婚指輪に気づき言い直した。「チェズニー・デヴェンポート。離婚する気はないだろうね？」

「結婚したばかりよ。新しい個人秘書はいかが？」

「君のほうがよかった。まだ働いているのかい？」

「今からジョエルの手伝いをしに行くのよ」

「運のいいやつだ。明日の朝、彼と会う約束だ。彼がグラスゴーなら君もそうだと予想すべきだった。君の会社がサイミントン・テクノロジーを狙《ねら》って嗅《か》ぎまわっていることは知っているはずだ」

初耳だ。なぜジョエルは話さなかったのだろう。チェズニーは平静を保ち明るくたずねた。「あなたのお考えは？」わたしは信頼されていないのかしら。

「心境は複雑だよ。いやだと思う一方で――」

チェズニーはそこで彼を止めた。「ごめんなさい。たずねるべきじゃなかったわ。不公平ね」

彼はこちらを向いて微笑した。「君が相手方で働いているから？」チェズニーはうなずきながら罪の意識を感じた。でもわが社がサイミントン・テクノロジーを買収目的で嗅ぎまわっていると知っていたら、こんなにショックを受けなかったし、もっと言葉に気をつけていた。なぜジョエルはこんなことを隠すのかしら。「なんてきれいなんだ」フィリップが衝動的に彼女の手を取り、手の甲にキスした。「これには君の夫も反対できないよ」それはどうかしらとチェズニーは思った。

そのあとはずっと仕事以外の話をしたが、ジョエルが腹心の個人秘書に話すべき話をしなかったことにチェズニーはやや傷ついていた。

だからフィリップが午後の会議が終わったら夜はひとりで退屈だと言ったとき、ホテルでいっしょに食事はいかがと誘いそうになった。そんな誘惑に駆られたのはフィリップのためばかりでないことは認めるしかない。わたしには話しても秘密は守れるのだと知ったときのジョエルの顔を見たかった。どのみち彼の買収交渉の件をわたしは知っている。

でもフィリップを夕食に誘うのはやめにした。ひとつには用談を兼ねた夕食会の予定がなくても、ジョエルから頼まれる仕事量しだいでどうなるかわからない。もうひとつにはジョエルが夕食をいっしょにするつもりかどうか知らない。それに明日会合があるのに今晩フィリップを夕食に招いたらビジネスを先取りすることになるかもしれない。

グラスゴー空港から同じタクシーでホテルに着いたとき、引き続き別のホテルに行く彼がたずねた。「明日は君も会合に出るのかい？」

「どうかしら。あれやこれやで忙しいのは確かよ」彼女は明るくこたえた。

別れ際にフィリップが頬にキスをした。「じゃあまた、チェズニー」愛しているのが彼だったらよかった。でもわたしは彼を愛していない。そして愛する人はわたしを信頼してホテルに上がった。ジョエルはデスクで仕事中かどこかで会議中と知っていても、もしかしたら戻っているかもしれないと固唾《かたず》をのむ気分だった。

愚か？　愛と呼んでほしい。

チェズニーはため息をついた。

スイートにジョエルはいなかった。鏡の前で髪を梳《と》かし、口紅を塗り直す。

チェズニーは腕時計を見た。夕方にはまだ時間がたっぷりある。彼に会えるのは何時間も先だ。わたしは何をすることになっているのだろう。彼は到着時刻を知っている。一時半の便を指定したのは彼だ。夕方まで無為に過ごすのを期待しているのかしら。

タクシーで支社に行こうとなかば心を決めたとき、そうしてほしいならそう言ったはずだと思い直した。結局あの便で飛んでくるほどの急用ではなかった。

彼はなぜサイミントン・テクノロジー社の買収を検討中だと話さなかったのだろう。明日フィリップと会談するなら、交渉は進行中か開始するところだ。早い時期にマスコミに悟られないように交渉の場としてグラスゴーが選ばれたのだろう。

のけ者にされていやな気分だった。出かけて店でも見ようか。でもジョエルが目的もなく行動することはめったにない。たぶん電話で指示があるだろう。飛行機が何時に着くか彼は知っているのだから。

三十分待っても電話はない。さらに三十分待ってから、念のためにバスルームのドアを少し開けたままお風呂に入った。一時間後、仕事の夕食会にもホテルのダイニングの食事にも合う服装に身を包んだ。

ジョエルが戻ったのは七時過ぎだった。チェズニーはこわばった微笑を浮かべた。彼は笑みを見せない——なぜそれが気になるのかしら。「長い一日でした？」チェズニーはやさしくたずねた。

「まだ早いほうだ」ジョエルはうなるように言い、ネクタイをゆるめて寝室に向かった。

彼女は自分の部屋に引っ込んだ。わたしが必要なら居場所を彼は知っている。シャワーを浴びる音を耳にして反感はやわらいだ。かわいそうに一日中働きづめだったにちがいない。そんな一日の終わりにお呼びでないのがすねた個人秘書だ。

チェズニーは居間に行き、間もなく来た彼に愛想よく言った。「夕食はここで？　それとも下で？」

彼は厳しい視線でしばし見つめてほほえんだ。「来てくれてありがとう」

チェズニーは〝仕事ですから〟とかなんとか気軽な返事をしたかったが、口をついて出たのは違う言葉だった。「あなたのためならなんでも」本気じゃないのよと、にこっと笑ってみせた。

「その小生意気な口でいつか困った羽目に陥るぞ」視線は自然に唇をとらえたが、機嫌は直ったらしい。

小生意気な口だなんて。こんなにまじめで思慮深いわたしに、どうしてそんなことが言えるのかしら。それからふたりは一時間働き、夕食を届けさせてからさらに働いた。でも期待に反して彼はサイミントン・テクノロジー社の交渉には触れなかった。

その夜の仕事が終わったとき、チェズニーは気持ちを隠すのに懸命だった。「休む時間だな」ジョエルが言った。「君の仕事は明日仕上げるといい。僕は八時に約束があるから夕方までは別行動だ」

「わたしはグラスゴーに泊まるほうがいい？」

「明日戻ってなくてはいけないのか？」彼が鋭くきき返した。

「そんなことはないわ」チェズニーは苛立《いらだ》ちを感じながらこたえた。すると彼が自制するように息をついたのを見て少しびっくりした。

「何か飲むかい？」彼が穏やかにたずねた。

「せっかくだけど、もう寝るわ」

チェズニーは彼を見もしないで自分の部屋に行った。寝る前にシャワーを浴びる習慣なので、バスルームに行かなくてはならないのがいやだった。

居間を通ったとき彼はソファに座っていた。何かにうんざりした様子だったが、ちらりと見ただけなので定かではない。べつにどうでもいい。チェズニーは少しもかまわずシャワーを浴びた。

うんざりしているのはわたしも同じだ。彼にはひどい一日だっただろうが、わたしの一日も今ひとつだった。いくら買収の件が極秘でも、ほかの人から聞かされて知るのは気分のいいものではない。あの件を話すほど彼はわたしを信頼していないのだ。夫はわたしを信頼していない。

チェズニーはふいに考えるのをやめた。彼は夫ではない――名目だけだ。チェズニーは考えるのをやめてシャワーから出た。ナイトドレスとコットンローブを着て弱気な考えを寄せつけないようにした。

「おやすみなさい」彼女は小脇《わき》に服を抱えて挨拶《あいさつ》し、さっさと居間を通り過ぎた。ジョエルが話をしたそうに立ち上がっても、足を止めなかった。おやすみの返事を聞かないまま、チェズニーは部屋に入りドアを閉めた。

こんなこと許せない。チェズニーは服を置いてとって返し、ドアを開け――彼と顔を突き合わせた。

「ちょうど君に会いに来たところだ」ジョエルが穏やかに言った。

「こっちもよ！」チェズニーはけんか腰で言った。

彼は怒った顔をしげしげと見た。「その顔つきからして君から先に話したほうがよさそうだ」

彼女は何時間も気をもんでいた問題をぶちまけた。「明日フィリップ・ポメロイと会合があるんですってね」名前を言ったとたんジョエルの顔に怒りが走った。やっぱり彼はわたしに知られたくないのだ。

「彼から聞いたんだな？」

「話してくれなかったのね」チェズニーは言い返し、彼が理由を話すのを待った。でも説明はなかった。「いっしょに来たのか？」

それがどうしたというのかしら。「同じ飛行機だったのよ」

「しめし合わせたのか！」それからとげとげしく問いただした。「前からの約束だったのか？」

「なんですって？」わけがわからない。

「君たちは――ずっと連絡を取り合ってたのか？」

「やめて」チェズニーはしだいに興奮してきた。「あなたはわたしを信頼してないんだわ。信頼していたら、サイミントン・テクノロジーに関心を持っていると話してくれたはずよ。そうしたら彼から聞いて初めて知ることはなかった――」

「ポメロイが話したんだな」

「いいでしょう。彼はわたしを信頼しているのよ」

「君たちはそこまで親しいのか？」

「今夜夕食に誘おうかと思ったくらいね」

「なんだと！　君は僕と結婚してるんだからな」彼が思わず腕をつかんだ。

それでもチェズニーは我慢できなかった。「二年間だけね！」緑の瞳がぎらぎらと光っている。

「彼は待ってるのか？」ジョエルがどなった。彼女は肩をすくめた。なんとでも思えばいい。彼は頭に浮かんだ答えが気に入らなかったらしく、手荒にチェズニーを引き寄せ、怒りにまかせてキスした。

わたしが望んでいるのはこんなキスじゃない。彼女はあらがったが無駄だった。懲らしめのキスが深まったとき、なんとか唇をもぎ離した。「やめて！」涙声で叫んでも抱いた腕はびくともしない。

やがて彼がいきなり手を離した。緊張も怒りも消えた様子だ。「悪かった」彼が苦しげな声で謝った。顔がかすかに青ざめている。「君をずいぶん怖がらせてしまった」同じく怒りの消えたチェズニーは、自責の念に打ちひしがれた表情を見つめた。「君を傷つけたくない」彼がつぶやくように言った。

そんな彼を見ていられなくてチェズニーはささやいた。「だいじょうぶよ」わたしの愛も心もすべて彼のもの……。チェズニーはつま先立ってやさしくキスした。「怖がってなんていないわ」安心してほしくて、彼の笑みを誘いたくてこう言った。「あんなふうにキスされてもわたしは平気よ」

「チェズニー」彼がやわらかな声で言い、やさしくキスした。「前よりよくなったかい?」

彼女の胸は高鳴った。「とてもね」チェズニーもやわらかな声でこたえ、なぜかキスは続いた。

穏やかな、やさしいキス。怒りや苦痛をすべてぬぐい去るキス。いつまでも続いてほしいキス。わたしは彼を愛している。彼に恋してしまった。今は彼に抱かれている喜びしか考えられない。

「やめなくては」ジョエルが耳元でささやいた。

前にも同じことを言われ——彼の腕が離れたとき奪われた気がした。「なぜ?」彼女はささやいた。

「なぜって……君のせいで明晰《めいせき》に考えられない」

チェズニーはほほえんだ。「今は明晰に考えるときじゃないわ」そして笑いだした。

「チェズニー」ジョエルが力なくささやき、ますます強く抱き締めた。

いつの間に寝室の奥まで来たのか、ドアよりベッドのほうが近い。彼が視線を追うのが見えた。

「ここで君は言うんだよ。〝あなたを知るのはすてきだけど〟ってね」彼がそっとからかった。

チェズニーは彼にキスした。「わたしはめったにあなたの予想どおりのことを言わないのよ」夢見るようにこたえると彼の眉が意外そうに上がったが、彼にキスを続けていいと許したことは気にならなかった。彼が内心の葛藤《かっとう》を思わせるうめくような声をもらし、抱き締めるのを感じた。でも腕を離そうとしているのかもしれないと彼にキスしてすがりつくと、キスが返ってきたのでうれしかった。たちまち唇に分け入ったキスは胸に感情の渦を巻き起こし、チェズニーはほとんど何も考えられなくなった。

喉、肩へとキスは移り新たな興奮が体を走った。ぼうっとなったままコットンローブを脱がされ、彼の前に薄いナイトドレス一枚で立っているのをかすかに感じた。彼がシャツとズボン姿なのに気づいたが、抱き締められ、愛撫《あいぶ》の手が背中からヒップへと下がり、抱き寄せられてもかまわなかった。

チェズニーは彼の肩にすがりつき、愛撫の手が胸のふくらみをとらえたとき、くずおれそうになった。

何か声をもらしたにちがいない。彼が温かな手を胸に置いたままそっとたずねた。「いいのかい？」

チェズニーはほほえみ、はにかみながらこたえた。「すてき……。わたしも同じようにしてもいいかしら？」

彼の屈託のない笑い声は耳に快かった。「いいとも」彼はそう言ってキスと愛撫を繰り返し、じゃまなナイトドレスを肩からすべらせて落とした。彼は再び唇を重ねてからあらわな胸に顔を近づけた。

ジョエルが顔を上げ、固くなった胸の頂を愛撫しながらキスしたとき、チェズニーは気持ちのたかぶりを懸命に抑えた。

ナイトドレスも床に落ちた。彼がやさしくからかう。「赤くなってるよ」

わたしに何ができるだろう。チェズニーは彼のシャツのボタンをはずし始めた。彼はほほえみながら瞳をのぞき込み、自分の胸もあらわになると抱き寄せた。彼女は歓喜あふれる世界に足を踏み入れた。

彼がゆっくりとベッドに誘ったとき、チェズニーはさらに大きな喜びを感じた。キスを繰り返すうちに体の内で熱い欲望が燃え上がった。彼と脚をからませて横たわり、ズボンをはいていないと気づいたとき、熱情を解き放つすべはひとつしかなかった。

ジョエルはそっと彼女を仰向けに寝かせて横向きになった。ふたりのあいだに隙間《すきま》を残し、瞳の奥を見つめた。「君に助けてほしい」

「どうやって?」チェズニーはかすれた声でたずねた。困惑するばかりで意味がわからない。

「僕は君と愛を交わしたくてたまらない。でも君のほうはどう思っているのか……」

「まあ、ジョエル」胸の鼓動が激しく打っている。「わたしも――同じ気持ちだと思うわ」

「思う？」また彼を肌で感じたくてたまらないのに、ジョエルは少しも隙間を埋めようとしない。

チェズニーは震えがちにほほえみ正直に言った。「深い――関係になることに少し神経過敏になっていると思うの。でもあなたがもし何も――」恥ずかしくて最後まで言えなかった。

でもわかってくれたらしい。突然隙間が埋まり、胸に燃え上がった炎で息が止まりそうになった。彼が背中を愛撫しながら、手の感触に慣れて心地よく感じるのを待ってくれている。やがて愛撫が後ろの曲線を下りると新たな炎が燃え上がった。チェズニーが至福の熱い吐息をもらすと、察したように彼がなかば体を重ねた。もっと彼を感じたいと思ったとき自然に手が下着に向かい、形のいいヒップを探りあてて引き寄せたとき新たな戦慄《せんりつ》が走るのを覚えた。

もう後戻りはできないと彼女は悟った。ジョエルが下着を脱ぎ、彼女の裸身を目で味わい、胸のふくらみを順に口に含みながらやさしい愛撫の手を下に移していくと、チェズニーは息をのんで羞恥心《しゅうち》と快感に震えた。

「ジョエル！」その声は複雑に揺れていた。

でも彼が何もかも心得た様子で唇を重ねると体が弓なりになり、ますます親密になっていく愛撫に息が止まりそうになった。そしてやさしく時間をかけた愛の営みに唇からため息がもれると、彼がささやいた。「もうすぐだよ、愛する人《マイ・ラブ》」

「もう休むといい」ゆるやかにすばらしい愛を交わしたあと彼が言った。彼は自分のベッドには戻らないで、生まれたままの姿で抱きながらやさしくキスした。その腕の中でチェズニーは眠りに落ちた。

一時間後も抱かれていたがベッドのこちら側に移っていて体がぴったりと合わさり、後ろからまわされた彼の手がおなかにあった。ビジネスでは必要とあらば非情になれる彼があんなにやさしくなれるなんて。そう思うと振り向いてキスしたくなる。

思い出すと胸がいっぱいになった。愛撫の繊細さ、彼のやさしさと思いやり、初めてのわたしへの寛大さ。彼はすぐに動きを止め、やさしくキスした。「急がなくていいんだよ」彼はささやいてもう一度キスした。わたしは彼を自分のものにし、喜びを与えたくて、愛をこめて体を差し出した。すると彼はやさしく、ゆるやかに純潔を受け取ったのだった。

チェズニーは彼の愛の行為に感動しながら、ふたりで分かち合った/めくるめくひとときを思い出しながらまた眠りについた。次に目覚めたとき――ジョエルはいなかった。

彼がいないと寂しくて戻ってほしいと思った。なぜ起こしてくれなかったのだろう。なぜ何も言わずに行ってしまったのかしら。彼が起こさないでベッドを離れたことも信じられないが、眠りの浅いわたしが寝過ごしたことはもっと信じられない。

　理由に思い当たったとき頬がばら色に染まった。夜が更けるまでゆっくりと愛を交わしたせいだ。熟睡しても不思議はない。不思議なのはジョエルがそんなに早く目覚めたことだけ。

　でも彼はこういうことに慣れている。朝の冷たい光の中で浮かんでほしくない考えが浮かんだ。チェズニーは執念深い嫉妬《しっと》にそれ以上苛《さいな》まれないうちにベッドを出て、バスルームに向かった。

　シャワーを浴びながらきちんと考えようとした。ジョエルはグラスゴー市内の反対側で八時に会合があった。たいていの街では朝の通勤時間帯は道路が混《こ》む。彼は会合の主催側だろうから、開始五分前にはホテルにいなければならない。たぶん彼は七時過ぎに出かけたのでは……。

　シャワーのあとも筋道立てて考えようとしながらチェズニーは居間に行った。彼が起こさなかったのは思いやりだと納得しようとした。自然に手紙を探していた。昨夜のことが彼にとって単なるセックスではない証《あかし》を。

　手紙はない――ショックだった。チェズニーの心は揺れた。あれが単なるセックスではないならなんだというの。たしかにジョエルは、経験のないわたしにやさしい言葉をかけ、キスして励ましてくれた。でも彼にはなんの意味もない、あんな〝マイ・ダーリン〟の思い出にひたるなんて愚かなことだ。

朝食はほしくないので仕事用のテーブルに着き、プロ精神を取り戻して仕事を片づけようとした。

でもその努力はみじめに失敗した。ジョエルに愛してほしいのに愛してもらえない。深い愛情から愛を交わしてほしかった――ばかげた望みは運命の笑いものだ。現実を直視しなければ――昨夜のことはわたしへの怒りから始まった。ふたりの愛の行為はすべて怒りの発散だったのだ。

自分を叱咤《しった》して仕事にかかろうとしたが、九時にチェズニーは決断するときだと悟った。仕事ができない。ここに座り、複雑な内容に集中しようとしても、昨夜は楽々と理解できたことが今朝はまるで頭に入らない。もう二度とできそうもなかった。

これはジョエルの責任だ。昨夜高みに持ち上げられ、今朝は地に落とされたわたしはめちゃめちゃになった。そんな彼を憎みたいが憎めない。そもそもすべてを許したわたしのせいだ。みっともない。彼女はさっと立ち上がり、すべきことを悟った。

出ていく時がきた。ジョエルにも今の職にも別れる時が。ほかのことはわからなくてもそれはわかる。彼の家にとどまり、彼のために働き、またともに出張して諍《いさか》いになり――またキスされたら同じように夢中になるのはわかっている。

三十分後チェズニーは空港に向かっていた。仕事は辞めた。辞表を書く必要はない。ジョエルは夕方ホテルに戻り、わたしがもう彼のために働く気がないことを知るだろう。やりかけのまま残された仕事を見て。あれならアイリーン・グレイでもできる。秘密を要する仕事ではない。いずれにしてもサイミントン・テクノロジー社とはなんの関係もない。

チェズニーは十時半の便に間に合い、正午にロンドンへ着いた。ジョエルと暮らしている家に車を走らせながら、サイミントン・テクノロジー社を思うと疑惑に苛まれた。ジョエルは、わたしがフィリップと〝遊びまわっている〟かもしれないと怪しみ、その怒りから愛を交わした。彼の怒りは〝結婚中は異性と交際しない〟約束を破ろうとしているのではと疑ってのものだ。彼は約束を守る人だ。約束を破るようなわたしを軽蔑《けいべつ》するだろう。ふたりの家に入るとため息がもれた。今となってはわたしが同じ屋根の下にいたらいやがられるだけだ。荷造りしたほうがいい。彼がグラスゴーにいて留守の今、荷造りするほうがつらさはましだろう。

ジョエルが今夜ロンドンに戻るなら六時半か七時半の便になる。何時に帰宅しても、家に入ったときわたしはいないものと思っているはずだ。

荷造りの前に、最後にもう一度彼の家を見ておきたい。チェズニーは部屋から部屋へと歩きまわり、昨夜の彼のやさしさを頭から追い払おうとした。でも思い出しているうちに混乱してきた。彼の思いやりにあふれた愛の行為を思い出すと疑問が浮かんでしかたがない。彼はほんとうにフィリップとの関係のせいで愛を交わしたのかしら。ジョエルの愛の行為は甘美でやさしく、手荒な腹いせではなかった。

でも——わたしに何がわかるだろう。経験のないわたしに違いがわかるかしら。疑惑の悪魔に追われてチェズニーはスーツケースを取り出した。

荷造りをなかば終え、つらくてしっかりと考えられなくなったとき気づいた。もしジョエルが今夜帰宅するなら、今夜か朝いちばんに彼と話をしなくてはならない。話は電話でしなければ。まだ彼と面と向かって話す心構えができていない。いつかできるのかどうかもわからない。でも前のフラットに戻り、もう少し落ち着いたら彼に電話し、いっしょに暮らしたくないことがわかったと説明しよう。そして会社を退職する理由は彼にまかせる。会長職を射止めるために必要な行事にはいっしょに出席すると。

結論に達すると泣きたくなった。昨日グラスゴーに飛ばなければよかった。でももし飛ばなかったら、もしあんな状況にならなかったら、ジョエルに愛されてえもいわれぬ喜びを知ることはなかった。

運命はわたしをさかなにさぞかし楽しんでいるにちがいない。わたしは結婚したいと考えたことはなかった。一年前、六カ月前、三カ月前ですら、結婚しろと言われたら全速力で逃げ出しただろう。それが今は結婚している。そして昨夜のおかげで真の夫婦になり、ふたりして離婚を目指しているというとき、わたしは結婚を続けたいと思っている。

唇を噛《か》んで嗚咽《おえつ》をこらえたとき、物音を聞いて振り向いた。驚きの声がもれ、顔に朱が走った。

まだジョエルと面と向かって話す心構えができていない。でもそうするしかなさそうだ。考えごとに夢中で彼が帰ってきた音に気づかなかった。

「ど――どうして?」チェズニーは口ごもり、以前の落ち着きをすばやく取り戻した。「いつ帰ったの?」耳の中で鼓動の音が轟《とどろ》いている。

ジョエルはにこりともしないで彼女を見返した。「たぶん僕の飛行機は、君の四十五分後に着いた」穏やかにこたえた彼は、チェズニーの真っ赤になった顔からほとんど詰め終わったスーツケースに視線を移し、表情をこわばらせた。そしてそっけなくたずねた。

「いったい何をしているのか教えてもらえないかな?」

10

〝いったい何をしているのか〟ですって？　一目瞭然《りょうぜん》でしょうに。「ここを出ていこうかと――あなたが承知なら」チェズニーはこたえながら、こんな抑えた口調がどこから出てきたのか自分でもわからなかった。

彼のこめかみがぴくりとひきつるのが見えた。「承知できない」その声は表情と同じくらいこわばっていた。「承知できるものか」

「残念だわ」抑えた口調が崩れかけている。「もちろんどんな行事にもあなたと出席するつもり――」

「昨夜《ゆうべ》愛を交わしたからかい？」ジョエルは声を荒らげてさえぎり、また彼女の顔に朱が走るのに気づいた。こわばった響きは消え失《う》せた。「昨夜はそんなにひどかったかい？」

「まさか！」神経がこまやかでやさしい彼にうっとりした、甘美な一夜だった。彼にこんな誤解はさせられない。チェズニーは表情を読まれたくなくて背を向け、かすれた声で言った。「全然ひどくなんかなかったわ」

すぐ後ろに彼が来る気配がした。「すると君は別のことで動転したわけだ。同じような重大な理由があって――君は僕と別れ、仕事も辞めるつもりなんだね？」

チェズニーは黙ってうなずいた。やさしく肩を持って振り向かされて、なおさら動揺した。長い沈黙に耐えられなくなり顔を上げた。真剣な青い瞳が見つめている。

また頬がかっと熱くなった。瞳を見つめていると昨夜の親密なふたりがよみがえる。赤みが現れては消えるのに気づき、ジョエルがやさしく言った。「君の胸の中では感情が激しく渦巻いているんだね」

「いえ、わたしは――」

「気持ちはわかる」彼は穏やかにさえぎりほほえんだ。「君は僕とかけがえのない特別なひとときを過ごし、ひどく動揺している」笑みが消えていった。「だが君が出ていく原因が僕で、あのひとときがきっかけなのは明らかだ。僕たちはまず話し合うべきだと思わないかい？」

チェズニーはあわてて彼を見た。「話し合いなんていやよ」何もかも見通されるから厄介だ。「わたしはただ荷物をまとめて出ていきたいの」

「僕の望みなど知ったことではない？」

「話したでしょう。あなたが会長職を射止めるために必要な行事には同伴するわ」

「会長職なんかどうでもいい！　今は君と僕の話をしてるんだ」チェズニーは驚いて声を

失った。聞き間違いではない。唖然《あぜん》としているうちに抱き締められた。「最後までぜひとも話さなくては。居間に行こう」

全然話したくないのに導かれるまま寝室から居間へ移ったのは、〝会長職なんかどうでもいい〟という宣言に度肝を抜かれていたからにちがいない。会長職は彼の何よりの望みのはずなのに。

いつの間にかソファに彼と並んで座っている。これではいけないと横を向くとまともに顔が合い、たちまち弱気になった。彼がいとしくてたまらない。あのやさしい愛撫《あいぶ》……。

チェズニーは急いで言った。「こうしたほうがいいのよ」

「なぜだい?」ジョエルは興味を持ったらわかるまで追及する人だ。それは彼のために働いてきて知っている。どう返事をすればいいのかしら。彼は十分待ったと考えたらしく先を続けた。「君が家を出る決心をしたのは、フィリップ・ポメロイとは関係がなさそうだな」

「フィリップ・ポメロイですって!」その驚いた顔で、関係がないのはジョエルにもよくわかった。

「昨夜のこともいやではなかったようだから――」

「こんな話はしたくないわ」チェズニーはまた頬をばら色に染めて話をさえぎった。

ジョエルはやさしくほほえんだが決意は固そうだ。「僕たちは二年間結婚をしていっしょに暮らすと約束した――」

「結婚はしているわ。それは問題ないのよ」あわててつけ加えたその意味を、ジョエルは聞き逃しそうもない。

「だけどいっしょに暮らすことには問題がある？」

「わたし……出ていくわ」チェズニーは立ち上がろうとしたが彼のほうが速かった。たちまちソファの肘掛けと彼にはさまれてまた座っていた。

だしぬけにジョエルが手厳しく非難した。「君は僕の前に現れ、僕の人生をかき乱しておいて、なんの説明もなく別れていけると平然と考えているのかい？」彼は頭を振った。

「そうはいかない」

〝僕の人生をかき乱しておいて〟ですって？　チェズニーは思わず彼をまじまじと見たが気を取り直した。「わたしが何をしたと言うの？」〝平然と考えている〟なんて、彼のことを最後に平然と考えたのはいつのことか。

「君が何をしたって？」ジョエルは断固たる姿勢を少しもゆるめない。「それじゃ、これはどういうことなのか教えてほしい」

「無意味なセックスはいやなのよ」しかたなく言ったとたん後悔した。どこまで本心が見えたかしら。

「誰が――」逆襲しかけて気が変わったらしく、ジョエルは口を閉じた。せっかく話しだしたのだから先を聞こうというように。「続けて」

続けたくないがソファの隅に閉じこめられている。チェズニーは彼の腿のぬくもりを脚に感じた。ためらったものの彼の沈黙に気圧《けお》されて続けた。「わたしが……あなたのために働いていたら、いつかまた出張に同行しなくてはならないわ。もしまた口論になって、キスされたら……」彼女は力なく口を閉じた。話し始めたことを悔やんだが沈黙にうながされて言った。「どうなるか、わかるでしょう」

「それはここでも同じだ」彼は静かに指摘した。しげしげと見つめている。

「ここでは自分の部屋があるわ。あなたは道徳心がじゃまして無理やりには――」

「君は無理やり奪われたと思っているのか？」愕然《がくぜん》としているのが彼の顔にも声にも表れている。

「まさか！　あなたは……すてきだったわ」顔がほてるけれど、愛する彼に自己嫌悪を感じさせるわけにはいかない。「あなたはとても寛大で思いやりがあったわ。すばらしい一夜にしてくれた」顔が真っ赤なのは自分でも知っていた。彼を安心させたいあまり本心をもらしすぎたようだ。「わたしは出ていくほうがいいのよ」

「だめだ！」ジョエルが手で制した。

「あなたは会長になれる――」

「僕が言ったことを聞いていなかったのか？　僕は会長職のことは気にしていない」

「そんなはずないわ。あなたには大望が――」

「説明させてほしい」ジョエルは妙にためらい、深呼吸をしたように見えた。そして緑の瞳だけを見つめた。「僕は最近気づいたんだ。君のいない人生は、何ひとつ大切には思えないと。君がいないなら、会長職なんかどうでもいい」

「でも――それがあなたの人生じゃないの！」

「チェズニー、君こそ僕の人生だ」彼女は胸にあふれる気持ちを抑えてただ見つめた。

「今まで築いた業績も人生の望みも、分かち合う君がいなければ意味がない。さっき君はあの愛の行為が無意味だと言ったが、それは完全な思い違いだ」

「思い違い？」自分の声とも思えない。心臓の鼓動が激しく打ち、気が遠くなりそうだ。

とほうもない喜びと幸福感がチェズニーの胸に押し寄せた。

「君は貴重な人だ。だが見損なわないでほしい」

「わたしはそんな……」

「昨夜の君の快い返事を聞いてどんなにうれしかったかわかるかい？　僕たちがこれから愛を交わすと思うと信じられなかった……」

「あなたにやめてほしくなかったのよ」

「チェズニー……どうか言ってほしい。僕のことを少しは愛している。出ていかないと」

チェズニーはとても神経質になっていた。こんな真摯《しんし》な態度のジョエルを見るのは初めてだけれど、告白させる手段でないとも言い切れない。だからはぐらかして言った。「どちらを先に聞きたい？」

「ひとつがわかればおのずとわかる」ジョエルは彼女の瞳をのぞき込み、肩を抱いて唇の端に軽くキスをした。「言わないつもりなんだね？」返事はないが逃げる様子もないのでジョエルは緊張をゆるめた。「今朝は出かけたくなかったよ。寝ている君はとても魅力的だった」

「あなたは——起こしてくれなかったわ」

「怖かったんだ。キスで起こしたかったが、僕は急いでいた。もし昨夜みたいに歓迎されたら——」チェズニーの肌がさっとばら色に染まるのを見て彼は口を閉じた。

引き寄せられるように彼の顔が迫り唇が重なった。チェズニーの胸に興奮が広がった。

胸を押しやると、彼はキスをやめて身を引いた。深刻な顔をしている。

「状況を見誤ったよ」動揺した声だ。

「考えなくてはならないのに……考えられないわ」

彼の顔に笑みが広がった。「僕のキスのせい？」

「わからないわ。こんなこと初めてだもの」

「わかるよ」ジョエルが静かに言った。

「キスの経験はあるけれど、こんなに自分を抑えられなくなるのは初めて」

「わかるよ」彼がやさしくほほえんだ。またキスをされると思ったとき彼が言った。「僕の勘違いでないなら、僕を少し愛しているんだね」

チェズニーは身を引き離したが、まだしっかりと抱かれたままだ。どうしようもないほど愛してるわと言いたいけれど不安が残っている。「どうしてそんな結論になったの？」

今まで彼が複雑な問題を解く様子を何度も見てきた。不適切な部分を除いていき、最後には答えを見つける姿を。わたしの仮面は完全に取れてしまったのだろうか。だけどわたしにもきちんと考える力はそこそこある。チェズニーは冴《さ》えてきた頭で分析していた。彼について知っていることに、あの繊細で思いやりのある抱擁を考え合わせ、とほうもないことを信じ始めていた。もしかしたらジョエルの心遣いは、昨夜の親密なひとときだけではないかもしれない。チェズニーはふいにジョエルを見たが、まだ彼が知りたいことを話す心の準備は整っていなかった。

それを察したように彼はほほえみ、先に質問にこたえた。「一時間十五分のフライトで僕はひとつのことばかり考えていた。あんなに相性がよかったのになぜ君は逃げるのか。僕のもとを去るばかりか、誰よりも自分の職に誇りを持っている君が途中で仕事を投げ出していく理由はなんだろうと。以前家に帰ったときのように僕に怒っているわけではない。その逆だ」

「あなたは夕方にホテルに戻るはずだったわ」

「君のことで頭がいっぱいなのに、どうして会議に集中できる？」

「ほんとうなの？」彼女は驚いてきき返した。

「ほんとうだ。ポメロイとの退屈な会合で、僕は君のことしか考えられなかった。スイートを出たときの君の姿。美しい顔のまわりにやわらかな髪が広がっていた。君のもとに戻りたかった。最初の会合は十時に終わり、ポメロイと僕は別々にメンバーとの討議に入った。グラスゴー支社の社員は特に優秀だからね、代理を立てることにした。大急ぎでホテルに戻ると君の荷物がない。タクシーで空港に向かったという。信じられなかったよ」

「まあ、ジョエル」チェズニーは罪の意識に襲われた。彼はわたしのことを好きなんだわ。きっとそう。

「君はその気になったらとんだ悪女になれるよ」非難しているわけではなさそうだ。なんともやさしいまなざしをしている。「君と同じ便には乗れないと知っていたが急いであとを追った」

「次の便には間に合ったの？」

「そして空の上でずっと君のことを思い起こした。なんとも言えず美しかった君――内気で無垢《むく》な君が、誰にも与えなかったものを与えてくれた。いつも沈着冷静な君が――そう考えると胸が高鳴った。そのとき悟ったんだ。君が愛を交わしたはずがないと――僕を少しでも愛しているのでないかぎり」

「あなたって、賢すぎるわ」打ち消しがたい喜びが全身を駆け抜けてゆく。彼に何もかも知られてしまったけれど、わたしにもずいぶんわかってきた。ジョエルも同じで、わたしに出ていってほしくないからといってこんなことを話すはずがない——もしわたしのことを少しでも愛していなかったら。

「賢いかは知らないが、そのとおりかい？　君は僕にいくらか愛情を持っているのかい？」

体を抱いている腕が張りつめるのを感じた。彼が緊張して返事を待っている。チェズニーは少し根負けした。「わたしもあなたと同じ気持ちよ」控えめな言葉に、彼のこめかみがまたぴくりと動いた。

「それじゃ君は、昼も夜も僕のことを考えて食事も喉を通らず、眠ることもできないのかい？　朝目覚めては僕を思い、落ち着かなくて寝室を歩きまわり、ばかげた嫉妬《しっと》に悩まされ——僕の悪いところをあくまで認めようとしなかったと？」

「わたしのことを……そこまで？」

「そこまで君を愛してる。いや、もっとだ」チェズニーの胸は早鐘のように打った。ジョエルは彼女を抱き寄せてやさしくキスした。身を引いてしばしチェズニーの顔をのぞき込むように見てからたずねた。「君の気持ちは〝あ〟の字で始まるのかい？」

チェズニーはほほえんだ。彼を愛している。愛されているなんて信じられないけれど、彼も彼の言葉も信頼できる。彼女ははにかみながらこたえた。「わたしがあなたを思う気持ちは、特大の〝あ〟の字で始まるわ」

「愛してくれているんだね？」チェズニーは驚いた。確かめる必要などなさそうなのに。

「わたしがただ新会長の個人秘書になるために結婚したと思っているの？」

彼は賢い知性でわずかな変化も読もうと見つめ、静かにたずねた。「君はなぜ僕と結婚したんだ？」

チェズニーはキスし、あっさりこたえた。「あなたに恋をしたからよ」

「チェズニー」彼がひしと抱き締め、顔をのぞき込んだ。「何週間も前からずっと君は僕を愛していたのかい？ 信じられないよ」彼はキスして抱き締め、またやさしくキスした。

「もっと知りたいな。正確にはいつから？」

彼女は軽い笑い声をあげた。お互い緊張はとけたらしい。「あなたに恋をしたくなかったわ」

彼の愛情のこもった笑い声を聞き、すでに察していたのを知った。

「君のことだからきっと猛然と抵抗したんだろう」

チェズニーは彼にキスした。永遠にこうしていたいが、秘密を告白し合うのはすばらしい。残らず知りたい。「わたしが何度もそうしたようにあなたも、その気持ちが何か認めまいとしたのかしら？」

「わけのわからない苛立《いらだ》ちのこと？　君は、僕が今まで知っていた女性とまったく違っていた」

それを聞いてチェズニーはびっくりした。ぜひ知りたい。「どんなふうに？」

「まず、結婚に関心がないと宣言した女性は二、三いたが、本心だと信じられたのは君ひとりだった」

「会長選挙を有利にするために結婚しようと決意したとき、その点が気楽だと思ったのね？」

「僕の考えがわかってきたね」彼がにやりと笑った。「だが結婚しようと思いついたとき、前のようにパニックを覚えなかったのは確かだ。ただし花嫁は君にかぎるが」彼は言葉を止め、自嘲《じちょう》するようにほほえんで言い添えた。「災いの前兆はあったはずだ。ただ僕が見逃しただけで」

「危険を冒すことにしたのね？」

「どんな危険？　僕は何もかも考えた。君が結婚を続けたくないのは明らかだった。二年後に離婚したい気持ちも同じはずだ。なんの支障も悶着《もんちゃく》の種もない」彼が愛情に輝く瞳で見つめた。「君を好きになったと気づいたとき、唯一の問題が起きた」

「おかげで計画がおかしくなった？」

「台なしだった」ジョエルは認めたものの落胆した様子はなかった。「じつは君には最初から好感を持っていたんだ。こんなことは初めてだった」

「ほんとう？」

「いさぎよく認めはしなかった。自分の気持ちに向き合う覚悟がなくてね」彼の笑みにチェズニーはとろけそうになった。「僕が通るたびに色目を使う女性社員たちにはいらいらするのに、なぜ今の個人秘書は平然としているのが苛立たしいのだろう？」チェズニーは驚きながらも、愛情があふれるのを覚えてほほえんだ。「そうあるべきなのに、なぜか君なら僕に興味を見せてもかまわないと感じている自分に気づいた」

「やめないで。もっと聞いていたいわ」話を聞けば聞くほど愛されているという自信がふくらんでいく。

彼が話をやめたのは愛情のこもったキスをするためだった。「間もなく僕が見ている女性は、面接をしたクールな相手とは大違いだとわかってきた」

「わたしの仮面を見抜いたの？」

「すぐにね。初対面の君は、クールで洗練されていて優雅だった。数週間ともに働くうちに、感受性の鋭い、親切な女性を発見した。郵便係の若者だけでなく僕の父にも親切だった。父を心配して昼休みに様子を見に行くほどだ」ジョエルは一息置いて告白した。「僕が君への愛情に強く打たれたのは結婚式の日、君の別の面を見たときだったと思う。おじいさんに対するやさしさや、諍《いさか》い好きな家族への誠実な態度だよ。それにしても」彼はチェズニーをにらむふりをした。「せっかくキスしたのに、君ときたら手袋のことしか頭にないとは。奥さま、僕はそんな扱いには慣れていないよ」

「膝がへなへなになりそうなんて、ふさわしくない言葉に思えたのよ」チェズニーは弁解した。

ジョエルは爆笑した。「君って人は」彼はキスしないではいられなかった。

「また膝がへなへなになりそう」ようやく体が離れたとき、チェズニーはあえぐような声をもらした。

「僕は今必死で冷静を保ち、先週の土曜以来初めて心の安らぐ、この貴重なひとときを味わおうとしているんだ。あの夜君は涼しい顔で僕が寝ているベッドに入り、いびきをかくかといいともクールにたずねたね。あれ以来それが心の傷になっている」

「涼しい顔だのクールだのって」彼女は頭を振り、ほかの言葉に気づいた。「あなたの心の傷に？」

「どう呼べばいいのかわからない。僕はベッドのこちら側から出ない決心だった。床入りして状況を複雑にしたくないと胸に言いきかせた。それなのになぜか夜君がそばにいる気配を感じ、すばらしい静けさに包まれた。そっと抱くと喜びが胸にあふれた。ただ抱いているだけでそんな大きな喜びを覚えるとは信じられない気持ちだった」

チェズニーはうれしくて思わず吐息をもらした。「わたしが目を覚ましたのを知っていた？」

「知っていたよ」彼はあのときしたようにチェズニーの髪に口づけをした。「あのままでいたかったが……」

「わたしが誘いをかけた」チェズニーはからかった。

「とにかく僕はキスをしたかった」彼は笑ってキスした。「それから僕の心に激しい葛藤《かっとう》が起こった。何が君のため、僕のためにいちばんいいか……」

「あなたは大急ぎでベッドから飛び出したわ」

「慎みのないマダム」彼がいとおしそうに言った。「ほかにどうすればよかったのかな？どちらかが分別を持たなくては。君はすぐに顔が赤くなるしね」ジョエルがからかい、彼女には止められなかったことを思い出させた。「じつはあのとき、望みにまかせて君の純潔を奪えば問題を山ほど抱え込むことになるとなんとなく思った。とりわけこの結婚を永遠のものと考えただろう」

「まあ」チェズニーは話についていこうとした。

「だから僕は大急ぎでベッドから飛び出し——その日は人生最悪の日になった。君に会いたかったよ。君に会う必要があった。君のおかげで僕は頭がおかしくなりそうだったからね」

「ジョエル」それはささやくような声だった。

「僕は自制できなくなった。月曜に隣のオフィスに君がいては仕事に集中できないと悟った。サイミントン・テクノロジー社との予備的な小競り合いから、急に一連の会合をすることに決まったときには大いにほっとした。逃げ出せるのがうれしかった」

「わたしから……逃げたかったの？」

「考える必要があったんだよ」彼がやさしく説明した。「すぐそばに君がいてどうして考えられる？」

「考えるって、何を？」

「君と僕のことだ。そのときには君に夢中だと自覚していた。だが君はどうだろう？」

「わからなかった？」

ジョエルは頭を振った。「そのときはまだどちらともね。あの月曜の夜わかっていたのは、僕はグラスゴーにいて君がロンドンにいるということだけだ。君にそばにいてほしかった。君を思うとどうにかなりそうだった。ぜひとも君と話して気持ちを見極めるしかない。ロンドンに戻ったら夕食に誘い、気持ちを探ろうと考え、そこで気づいた。君が僕の父と昼食をした日、夕食の誘いを断られただろう。今度もそうなりそうだ。いろいろと気をもんだよ。そこで計画変更だ。もしグラスゴーに君を呼び寄せられたら――」

「ほんとうは行く必要がなかったの？」

「僕は卑劣な男だ」ジョエルが楽しげに認めた。「だが悩んでいたんだ。信じてほしいが、あの便に乗るように頼んだとき寝ることは頭になかった。君と離れていられなかっただけだ。君がグラスゴーに来たらどうせ食事をするから、夕食の誘いは断られないだろう。いきなり飛び込んで物笑いになるより、まず潮の流れを確かめてという計画だったが、君に会うころには計画はどこかへ消えていた」

ジョエルがそんなに弱気だったとは意外だった。「まあ、ジョエル」チェズニーはそっとささやき、温かく、やさしくキスをした。

「僕は今も懸命に冷静さを保っているんだよ」

チェズニーは晴れやかに笑った。「ごめんなさい。それで?」

彼はどこまで話したか思い出す様子をした。「それで君に会いたい衝動に負けて計画を立て、空港に迎えの車を送った。それが偶然交通渋滞に巻きこまれた。僕は待ちかねて、君がホテルに着く時刻を計算し、会議を抜け出してタクシーをつかまえた」

「あなたの計算は数時間ずれていたわ」彼がホテルに戻ったのは夕方早くだった。

「いや、僕は君の後ろに停《と》まったタクシーに乗っていた。ポメロイが君にキスをするのを見て――なんとか自制して運転手にそこを出るように言った」

「あのときホテルに?」チェズニーははっとした。フィリップと出かけることを彼がいやがったのは、わたしの職務が秘密だからでなく……。「あなたは嫉妬していたのね。フィリップに!」

「僕も自分の本心を知って驚いた。わが社がサイミントンの反応を探っていることを君に話さなかったのは、ポメロイにかかわってほしくなかったからだ」彼は苦笑した。「オフィスで彼から君に電話があってからずっと、君たちのデートが気に入らないのは、彼が商売敵だからだと自分を納得させようとしていたのにぶちこわしだ」

「でも、そうじゃなかったのね?」チェズニーはうれしくて話の続きをせき立てた。

「でなければ、彼が君にプロポーズしても気になるはずがないし、彼に僕たちの結婚を話す晩に間に合うように婚約指輪を買ったりしなかったはずだ」

「あの晩、指輪はしなかったのよ」

「君は心がこまやかだから、たぶん指輪はしないだろうと気づいた。僕は大いなる嫉妬の働きを認めるべきだった。ポメロイばかりか、男連中が君を誘いに来るのもいやだったんだから」

「ファーガス・イングルズ?」

「彼も含めた大勢の男どもだ」

「まあ、ジョエル」チェズニーはため息をついた。わたしも正直に認めなくては。「わたしもアーリーン・エンダビーに少し嫉妬を感じたのよ」

「ほんとうに?」彼は驚いた顔になった。

「ほんとうよ」ジョエルも彼女の喜びを味わった。

「なぜか君のことばかり考えてどの女性の電話も避けるようになったとき、自分に何が起こっているか気づくべきだった。もっと前に、君が僕の継母《ままはは》になる気はないと言ったとき、困った状態だと悟るべきだったよ。君には誰の継母にもなってほしくない、誰とも結婚してほしくないと思ったんだから」

チェズニーは目を丸くして彼を見返し、うれしそうに笑った。「あなたは自分に言いきかせた。それは、わたしが結婚して――」

「仕事を辞めたら、優秀な個人秘書を失うからだと」あとを引き取った彼が、ふいに真剣な表情になったのでチェズニーも真顔になった。グラスゴーにいるはずの彼と自分の寝室で会ってからさまざまなリズムを刻んできた胸がふいに不安に揺れた。

「なんなの？　どうかしたの？」

「こうして今、君に対する愛の深さを話したのは、君を決して傷つけないと信じてもらい、君に……」彼は適切な言葉を探した。「僕たちのライフスタイルを変更することに同意してほしいからだ」

チェズニーは何に同意してほしいのかわからなかったが、彼の深い愛を知り、すっかり気分がよくなった。「何を言っているのかわからないわ」

「僕が部屋に入るとすぐ君は出ていく。君が週末におじいさんを訪ねると、残された僕は君に戻ってほしくて追いかけなければならない。そんな家庭生活はいやだと言っている」

「まあ、ジョエル！　そうだったの？」

「君がいない家はたちまち知らない場所のようになった。理由はわからなかったが君がついに結婚に同意したときほど幸福に感じたことはない。そしてその理由が会長職とは関係がないことが今はわかっている。会長職は確保できたと思うが、君がいなければ意味がない。君が永遠の結婚に深い嫌悪感を抱いているのは知っている。それでも僕は一年十一カ月先の離婚請求を待ちながら暮らしていくのは耐えられないんだ」

「ジョエル！」チェズニーがあげた驚きの声を彼は誤解した。

「たしかに二年間の約束だったが、君をどうしようもなく愛している。別れると思うと耐えられないんだ。波乱のない人生は約束できないが、君を傷つけさせたり、この結婚を危機に陥れさせたりはしない。今ここで約束する」ジョエルは大きな緑の瞳を見つめた。

「心から愛してるよ、チェズニー。僕の妻でいてもらえないだろうか――いつまでも？」

「まあ、ジョエル」声が震えた。愛し合っているのになんの問題があるかしら。チェズニーはかすれた声でささやいた。「何よりもうれしいわ」

「いいのかい？　ずっと妻でいてくれるのかい？」

「喜んで」

　その返事を聞いたとたん、ジョエルは輝くような笑顔になり、チェズニーを抱き寄せた。

「ありがとう」心をこめてささやき、チェズニーに唇を重ねた。

●本書は2003年9月に小社より刊行された作品を文庫化したものです。

秘書と結婚?
2024年3月1日発行　第1刷

著　者　ジェシカ・スティール

訳　者　愛甲　玲（あいこう　れい）

発行人　鈴木幸辰

発行所　株式会社ハーパーコリンズ・ジャパン
東京都千代田区大手町1-5-1
04-2951-2000（注文）
0570-008091（読者サービス係）

印刷・製本　中央精版印刷株式会社

定価はカバーに表示してあります。
 ISBN978-4-596-53641-9

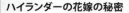

3月16日発売　ハーレクイン・シリーズ 3月20日刊

ハーレクイン・ロマンス　愛の激しさを知る

富豪とベビーと無垢な薔薇　マヤ・ブレイク／西江璃子 訳

逃げた花嫁と授かった宝物　タラ・パミー／児玉みずうみ 訳
《純潔のシンデレラ》

入江のざわめき　ヘレン・ビアンチン／古澤　紅 訳
《伝説の名作選》

億万長者の小さな天使　メイシー・イエーツ／中村美穂 訳
《伝説の名作選》

ハーレクイン・イマージュ　ピュアな思いに満たされる

愛の証をフィレンツェに　ティナ・ベケット／神鳥奈穂子 訳

夏草のメルヘン　シャーロット・ラム／藤波耕代 訳
《至福の名作選》

ハーレクイン・マスターピース　世界に愛された作家たち ～永久不滅の銘作コレクション～

恋の後遺症　ベティ・ニールズ／麦田あかり 訳
《ベティ・ニールズ・コレクション》

ハーレクイン・プレゼンツ作家シリーズ別冊　魅惑のテーマが光る極上セレクション

運命の夜に　ミランダ・リー／シュカートゆう子 訳

ハーレクイン・スペシャル・アンソロジー　小さな愛のドラマを花束にして…

もしも白鳥になれたなら　ベティ・ニールズ他／麦田あかり他 訳
《スター作家傑作選》

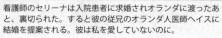

ハーレクイン文庫

「忘れられた愛の夜」

ルーシー・ゴードン／杉本ユミ　訳

重い病の娘の手術費に困り、忘れえぬ一夜を共にした億万長者ジョーダンを訪ねたベロニカ。娘はあなたの子だと告げたが、非情にも彼は身に覚えがないと吐き捨て…。

「初恋は切なくて」

ダイアナ・パーマー／古都まい子　訳

義理のいとこマットへの片想いに終止符を打つため、故郷を離れてNYで就職先を見つけたキャサリン。だが彼は猛反対したあげく、支配しないでと抗う彼女の唇を奪い…。

「華やかな情事」

シャロン・ケンドリック／有森ジュン　訳

一方的に別れを告げてギリシアに戻った元恋人キュロスと再会したアリス。彼のたくましく野性的な風貌は昔のまま。彼女の心はかき乱され、その魅力に抗えなかった…。

「記憶の中のきみへ」

アニー・ウエスト／柿原日出子　訳

イタリア人伯爵アレッサンドロと恋に落ちたあと、あっけなく捨てられたカリス。2年後、ひそかに彼の子を育てる彼女の前に伯爵が現れる。愛の記憶を失って。

「情熱を捧げた夜」

ケイト・ウォーカー／春野ひろこ　訳

父を助けるため好色なギリシア人富豪と結婚するほかないスカイ。挙式前夜、酔っぱらいから救ってくれた男性に純潔を捧げる――彼が結婚相手の息子とも知らず。

「やどりぎの下のキス」

ベティ・ニールズ／南　あさこ　訳

病院の電話交換手エミーは高名なオランダ人医師ルエルドに書類を届けたが、冷たくされてしょんぼり。その後、何度も彼に助けられて恋心を抱くが、彼には婚約者がいて…。